いろいろ

上白石 萌音 的心情點滴

上白石萌音

給台灣讀者的問候

大家好。首先，謝謝你拿起這本書。不知道各位是如何知道這本書？啊，應該要問，各位是怎麼認識我這個人的呢？從電視劇？還是電影？或者有讀者根本不知道我是誰，只是因緣際會翻閱起這本書？總之，無論如何，非常高興能認識你們。

平常以演戲、唱歌為業的我，這本散文集是我第一次挑戰「寫作」。雖然我很愛閱讀，卻從來沒想過有一天自己也能成為作者。而且這本書竟然還能經過翻譯，在台灣出版！當一連串連作夢也想不到的好事發生時，就會讓人勇氣百倍，覺得人生真的充滿了無限可能。

我曾經造訪過台灣一次。當年《窈窕舞妓》這部電影獲選為桃園電影節的開幕影片，導演和我一起到了現場。二〇一四年，那一年我才十六歲。雖然當時我和觀眾一起坐在影廳裡看電影，卻一直很在意觀眾們的反應，忐忑不安，而且明明是我自己參加演出的電影，我還記得最後看得跟觀眾一起哈哈大笑。當時我心想，這些人真的好溫暖，這麼坦率表達自己的情緒，而我們竟然能超越語言、文化，欣賞同一部電影，那份感動至今仍深深烙印在我心中。

時光匆匆流逝，現在我已經二十五歲了。有幸還能繼續從事演藝工作，與許多作品結緣，並且透過這些作品有更多機會接觸到世界各國的人士。這本短篇集就是記錄了我在每一份工作，以及日常中那些不經意的瞬間。藉此讓大家知道，一個在日本生活的人都想些什麼，希望你們覺得有趣，能產生共鳴。

此外，我想藉這個機會謝謝本書的譯者葉韋利小姐。譯者，是我長久以來充滿憧憬的行業。多虧了譯者這些語言專家，才能讓我們接觸到跨越時間、國界的故事與思想，從中獲得感動。不知道我那些隨心所欲、毫無章法的日文，會成為什麼樣的譯文呢……我猜我一定看不太懂，但仍非常期待自己拿到繁體中文版的那一天。

最後，祝大家盡情享受閱讀之樂。

上白石 萌音 的心情點滴

前言

二〇二〇年九月十日。在澀谷一棟透露出年代久遠的大樓一室中，我和責編S小姐第二次針對新書討論。S小姐每次都會送我很棒的伴手禮。上次是精緻的巧克力，這次是完熟麝香葡萄。我們就在大快朵頤美味葡萄之際，順利討論進度。兩人全神貫注之下，一回過神發現竟然已經談了兩個小時。提出了比當初設想得還豐富的點子，迅速定下了本書的方向，我想接下來就能捲起衣袖開始動筆。

「想不想試試寫點短篇隨筆？」當初對方提出邀約時，我在高興之餘更感到憂心，雙手還稍微顫抖。雖然我平常喜歡寫點東西，但從不認為自己有能力書寫一本書。「妳只要忠實記下自己最原始的心情就行啦！」在編輯這句話的鼓勵下，我終於下定決心，踏入那個未知卻嚮往已久的領域。

第一次碰面討論時，我們倆帶了很多各自喜歡的書。十幾本在長桌子上一字排開的書籍，每一本都能讓人感受到紙張的溫暖，實在太美好，看著看著忍不住就露出微笑。「我可以看看嗎？」我拿起其中一本書，拆掉包在外層的書衣，用指尖觸摸著外露的封面。S小姐看著我笑道，「妳真的很愛書耶！」接著她又說：「會喜歡書本裝幀到這種程度的，就是真正的愛書人。」是的，我真的好愛書。在談論「閱讀」這項行為之前，我對「書本」這項物品就有道不盡的喜愛。我下定決心，「要盡情灌注這股熱愛！」

我接受編輯的建議，再一次正視自我，並且嘗試忠實記錄下來。無論粗劣也好、笨拙也罷，我仍試著以「愛書」這股最原始的心情採取直球對決、正面突破。不確定是否能突破那道障礙，希望一切順利。

希望各位能秉持輕鬆但盡可能溫暖寬容的心態，享受這本作品。

上白石萌音的心情點滴

跳舞

我從小就喜歡跳舞。雖然媽媽教我彈鋼琴，但我練不下去，原因就出在我太愛跳舞。畢竟一聽到音樂時要是沒辦法站起來動動身體，對我來說實在太痛苦。

然而，喜歡歸喜歡，在我從小學二年級就開始去上課的芭蕾舞教室裡，我是個表現很差的劣等生。我的轉圈不像其他人那麼精準，抬腿的姿勢也不如大家優美。光是跟上其他學員的程度就費了我九牛二虎之力。即使如此，我還是熱愛跳舞。當時學的舞步至今都記得很清楚。

記得在中學二年級那年的校慶，我們班上表演的節目就是舞蹈。唸中學時，我盡力每天過得低調不顯眼，唯有校慶這段時期不一樣。由於班上沒有其他練跳舞的同學，只得由我硬著頭皮站上第一線，帶領眾人練習。現在回想起來，仍覺得那是三年之中最突兀的一段時期。班上同學一定都很吃驚吧，平常的「低調女」竟然二話不說就在眾人面前跳起舞來。後來在提心吊膽之中總算順利完成演出，可見將「熱愛」的心情發揮到極致，威力確實驚人。

在我演出的音樂劇《Knight's Tale－騎士物語－》之中，有一場因為遭受愛人拋棄悲從中來而狂舞的戲。從一開始的茫然，逐漸失控，無法自制，到最後完全崩潰。這一連串的情緒都要用舞蹈來表達。由於後半段真的失去控制，自己也無法預測到最後會怎麼樣。話說回來，無論身體晃到什麼程度，總之絕對不能摔倒，因此必須全力運用軀幹來維持平衡。這是一場衝動與客觀較勁的戲，我非常喜歡。想當年總是惹芭蕾舞老師生氣，到了中學鼓起勇氣帶領同學練舞，這樣的我竟然有一天會在帝國劇場跳舞。對舞蹈雖然拙劣卻充滿熱情，終於有一天能站在鎂光燈之下。或許，對喜愛的事物堅持下去是有意義的！

全球知名的美國現代舞舞蹈家伊莎朵拉．鄧肯（Isadora Duncan）曾說過這句話。「如果一段舞能用語言說明它的意涵，就失去了舞動的意義。」不知道為什麼，總之我的身體會不由自主動起來；不知道為什麼，總之一跳舞就開心。正因為「不知道為什麼」，人們才會跳舞吧。

我想，這輩子我都會愛跳舞。不知道為什麼，總之就有這樣的感覺。

視力

我的視力非常差。差到人家問我隱形眼鏡的度數時，我覺得丟臉到說不出口。

我在六歲時視力開始變差，媽媽發現我看遠處招牌上的字會因為看不清楚而瞇起眼睛。雖然也嘗試做眼睛體操，或是聽到人家說什麼對眼睛好就吃吃看，但這些死馬當活馬醫的作法都沒太大效果。

我忘不了戴上眼鏡的那一天。小學二年級的第二學期，某個星期一。我走在上學的路上，開心摸著鼻梁上那副剛配好的淡粉紅色細框眼鏡。抬頭挺胸，感覺自己好像成了五年級的大姐姐。

哪想到就在距離校門口兩百公尺處，突然覺得超級丟臉，我楞在原地把眼鏡摘下來。我這個人，平常就算稍微修了頭髮也不好意思馬上走進教室，要我戴著眼鏡，實在是無比巨大的冒險！坦白說，那時候，教室是個讓我感到坐立難安的場所，在班上我盡可能保持低調。因為這樣的心態作祟，最後那副新眼鏡在當天完全沒亮相，整天都被我放在抽屜裡。

第一次戴隱形眼鏡那天也非常難為情。記得是在中學一年級的夏天，我以後援選手的身分參加田徑大賽。輪到自己上場之前，我才戴上隱形眼鏡，心中忐忑不安，就好像忘了穿內衣一樣。比起在眾人面前賽跑，我更在乎沒人發現的雙眼變化。我真的覺得彆扭到了極點，完全不管預賽的成績了。回想主要的原因就是青春期的自我意識，這影響不容小覷。

後來，我的視力持續下滑，感覺已經掉到谷底。摘下隱形眼鏡之後，我眼前的世界就像拍壞的照片一樣，粗糙模糊。

不過，最近我倒有個新發現。說起來，這樣的視野不就像新印象派畫家畫的點描圖嗎？在一片模糊的景致中，有點點隱約的亮光，或是物體與背景之間的分界曖昧不清等等。嗯嗯，其實也沒那麼糟糕嘛。

此外，每天早上在我戴上隱形眼鏡的瞬間，都能體會到「看得清楚了！」的喜悅。一般視力好的人，想必無法理解這股感動吧。

當然，能有優良的視力再好不過，但面對視力衰退也無能為力。既然事實如此，就設法讓自己樂在其中吧。

話說回來，此時此刻，我對近視雷射手術也有點興趣了。

懷念

高中時期有個交情很好的男生，因為這次來參加活動，相隔三年我們再次聯絡。一時覺得好懷念，讓我回顧之前在LINE上的對話，發現自己好像都沒變啊。還是會說「最近不停看書」，講的笑話依舊那麼白痴。無論鼓勵對方的方式，或是互動的態度，現在還是一模一樣。雖然有點傻眼，但看到維持一貫的自己仍舊很開心。什麼嘛，原來我跟三年前一樣，都沒變耶！

我在高一時搬到東京，有好一陣子的情緒都很負面，面對這個大都市成天惶惶不安、提心吊膽，老想著「萬一適應不良，或是遭到霸凌該怎麼辦？」一開始，班上沒半個人認識我，而我在剛入學的前幾天也沒主動說自己從事演藝工作。就這樣，錯過了開口的時機，又覺得不太好意思，加上當時在工作上也沒什麼出色的表現，或許這樣更讓我害怕，不敢自稱演員。

某天放學之後，我同樣感到煩惱時，接到一位同學打來的電話。

「欸，萌音，妳是不是童星出身啊？」

我還記得，就在一瞬間，我突然感覺如釋重負。沒想到在我開口之前已經有人發現了！不需要再保密的那一刻，一顆心變得好輕鬆，結果我先前的焦慮根本是杞人憂天。我和那位打電話來的同學至今仍很要好，還經常一起去吃泰國菜。

擁有幾個高中時期的朋友，令人非常心安。這些友人把我當成普通人一樣，「平常心」應對，難能可貴。不僅如此，還會經常教訓我，「妳好歹也是個女演員吧，是不是該更用心一點啊！」拜託拜託，希望未來也持續鞭策我。

至於本篇開頭提到的那個男生，我們倆曾經在朋友的刻意撮合下去看了電影。呵呵，好懷念哪。雖然不是出自本意，但那次竟成我人生第一次和男生約會。要是對方知道這件事，一定很驚訝吧。

精讀

最近感謝大家的關照，我陸續收到幾套新劇本。每次只要包包裡放了幾本劇本，無論在物質上、精神上，都有一股厚重扎實的感覺，提醒自己得好好加油才行。

稍微記錄一下，我最近是怎麼讀劇本的。

首先，拿到劇本之後，我會立刻把自己關在房間裡。就算妹妹呼喚：「吃飯嘍！」這種時候我也完全聽不見。以前這種行為經常惹得家人生氣，但現在我會宣布，「我要來讀劇本了，接下來有一段時間都不會理人。」然後轉身進房間。

一開始先默讀。就像讀小說一樣。因為曾有前輩演員傳授我，「起初會很想唸出聲來，但一定要忍住。」我想，這是因為怕聲音會讓人有先入為主的印象吧，於是我也照著做。首先，以平面掌握到整體的意念，然後再尋找出自己該用什麼樣的聲音才適合。

第二遍就用筆做記號，標出自己的台詞。我習慣挑選感覺飾演角色會用的筆。有時候是螢光筆，有時候是鉛筆、自動筆。至於顏色，可能是鮮明的原色，偶爾則用淡淡的淺色。萬一找不到適合角色形象的筆，我還會專程去買。此外，標示台詞的方式，也免不了受到角色個性的影響。

另一方面，遇到連續劇的話，我現在愈來愈少標記了。經常是一拿到劇本就背台詞，拍完即忘，在這樣反覆的作業過程中根本沒時間標記。但即使沒做記號，看著劇本也似乎覺得自己和其他人的角色名字分別用不同的顏色標記。我想，這就代表完全體會，作品和自己合而為一的象徵吧。

背台詞這件事，對我來說很輕鬆。我從以前就很擅長背誦。經常有些資深前輩恐嚇我，「年紀大了會愈來愈記不得台詞唷～」但我總心想，真希望自己也能演這麼久的戲，久到屆時苦笑說：「想當年我背台詞可是很輕鬆愉快呢！」

捕捉

好希望自己害怕昆蟲。我完全不怕蟲子。真想試試看，看到蟲子出沒在房間裡時怕到打電話給朋友。然而我都能處之泰然因應，一點都不可愛。

我從小生長在鹿兒島縣一個叫做串木野市（現在改稱為「市來串木野市」）的地方。那是很偏僻的鄉下，家附近沒有大樓，也沒有便利商店，但孩子們不愁找不到玩耍的地方。鄰近的公園、安靜寬敞的海邊……，兒時的玩伴多半是男生，我們在大自然中奔跑嬉戲，經常玩得全身都是傷。

其中令人玩得最起勁的就是捉蚱蜢。反正就是在長及腳踝的草叢間追趕跳來跳去的蚱蜢，雙手合起來像小圓拱的外型，然後像兔子一樣不斷反覆跳躍。當時到底有多少用不盡的精力與體力啊？現在真是無法想像。

那群蚱蜢的動作真是超級迅速敏捷，我們經常拚命了兩、三個小時，能抓到個五隻就要偷笑。要是太糾結於數量，當然很不划算，但一群人仍然樂此不疲，原因是追逐蚱蜢這件事本身就趣味無窮吧。

對了，抓到的蚱蜢我們會馬上放掉。回想起來，既然這樣為什麼還是堅持要帶著裝昆蟲的籠子呢？每次帶著空空的籠子出門，然後同樣抱著空籠子回家。難道不能空手往返嗎？或者我們就是講究形式的個性呢？真正的原因只有當事人才知道了。

因為有這樣的經歷，現在我還是不怕蟲子。沒有特別喜歡或討厭，而是把蟲子的存在視為理所當然。就算看到蜈蚣或是蟑螂，我的腦子裡也僅止於「哦哦，這裡有蟲子呢」，如此而已。要的話我可以靜靜把蟲子抓起來，不然也可以放著不管。從小到大，我一貫的想法就是無論多小的蟲子，都該盡可能讓牠活下去。

話說回來，前陣子的一段小插曲讓我反思這種事不關己的態度到底好不好。

那天在前往拍攝地點的路上，遇到一大群昆蟲。我一如往常不以為意，「偶爾也會遇到這種狀況啦」還想直接闖過去，經紀人卻很緊張要我繞道。我心想，「不太可能會遭到攻擊吧？」沒想到後來聽說那一大群其實是蜜蜂。這下子就連我也忍不住打了個冷顫。我是不怕蟲啦，但也不想被螫痛，沒必要主動當撲進火裡的夏蟲。我想，我與昆蟲之間的關係未來也不會改變，但往後要是看到一大群昆蟲，我會盡量避開。

完成版

對於我這種成天緊張兮兮又神經質的人而言，走入這一行根本像接受一連串震撼教育。每天有好幾次忍不住想，又因為心情緊張少活了幾歲。其中，對心臟造成大負擔的就是看到「完成版」時。

完成版，指的是經過編輯、修剪之後，進入完成階段的影音作品。在業界，我們多半用這個詞彙來稱呼電視連續劇的完整影片，通常會在播映之前收到。因此，一旦接近正式播映日，我就開始預測，老想著搞不好就是今天，完成版影片差不多該送來了吧？就快收到那個用粗體字寫著「上白石小姐收」的小小信封了。

可惜的是，我的直覺多半都失靈。每次提心吊膽想著「一定是今天！」結果大概是隔天或再隔一天。唉，這就是人生吧。

對了，演員面對完成版影片通常分成兩類，一種會看，一種收到後也不看。我屬於會看的，原因是我已經事先做好心理準備，希望在作品問世之前能先確認過，以便調整好自己的節奏。

好啦，只要收到影片，我就坐立不安。無論當天拍攝工作到多晚結束，或是隔天得多早起床，總之一旦收到這玩意兒，我就沒辦法擱著不管。一回到家，匆匆洗手、漱口之後，連衣服都等不及換下就直衝客廳。打開電視以及ＤＶＤ播放器的電源，放進光碟。等待讀取的過程中，迅速換好居家服，就定位並且深呼吸。按下播放鍵之後，接下來就是一個人專屬的反省大會。

老實告訴大家，其實第一次看到自己的作品完全搞不懂。雖然這些年來有幸接觸這麼多作品，卻從來沒能單純以旁觀的心態來看。別說自己出現的場景，就連看到其他人的演出時，每次仍不免為我個人的笨拙演技感到沮喪，深切反省。同時，看著畫面也不禁感受到導演以及其他劇組人員的莫大助力，真的非常感謝。哎呀我好糟糕，哇太感謝大家了。就在這兩股情緒間來回擺盪。

最麻煩的是即使看過完成版影片，也不代表能夠放心迎接正式播出，反倒還比看之前更害怕了。雖然宣傳時面帶微笑說著，「今晚播出，請按時收看！」內心總是七上八下，忐忑不安。

點亮

經過一段賦閒在家的時間，最大的收穫可能是找到了蠟燭。在家中大掃除斷捨離時，不知為何發現蠟燭就好端端收在鞋櫃的角落。為什麼會放在那裡？這到底是誰送我的？完全沒印象。心想著「這裡竟然有蠟燭！」就點看看吧。打從那一刻起，蠟燭就成了我生活中不可或缺的必需品。

話說回來……「我愛上了蠟燭。」這句話聽起來是不是非常美好呢？有一種精心過生活的感覺。我心想這實在太棒，於是在受訪時隨口說了，沒想到後來有好多人都送我蠟燭當禮物。現在我房間裡有十二款蠟燭一字排開，但其中自己掏腰包買的只有兩款。真的很謝謝大家。

好喜歡點燃蠟燭照亮的瞬間。我是火柴派的。拿起火柴在面前輕輕一擦，起火之後轉向靠近旁邊的蠟燭點燃。這一連串的動作有著一股說不出的浪漫情懷。火焰從火柴棒傳遞到蠟燭芯的幾秒鐘之間，拈著火柴棒的右手自然擺出的

「OK」手勢也有難以言喻的美好。

寫到這裡，我開始蠢蠢欲動，明明還是大白天卻把窗簾全部拉起來，讓屋裡一片漆黑，點起蠟燭。就像夜晚！

燭火不停搖曳。想起來理所當然，就是因為有空氣的關係。從沙發到茶几上的蠟燭距離大約一公尺。輕輕吹一口氣，差不多零點五秒後燭火出現明顯搖曳。這麼一來似乎看得出風的行徑。

火焰看起來就像小小生物。這只用兩隻腳站立，貌似披著床單小妖怪的生物，搖來晃去一刻也停不下來。根本就像小時候的我嘛。說是東晃西晃，更像是扭來扭去不安分，笑死人。

每次要吹熄燭火時，都感覺好不捨。甜甜的香氣與橙紅的火光，營造出傷感的氣氛。「呼！」一口氣吹滅了燭火。這下子才發現，原來屋子裡這麼暗嗎?!這也讓我再次深刻理解到，黑暗才能打造出光明。

雖然頻頻打呵欠，但外頭還是大白天。不如乾脆就睡個午覺好了。好，就這麼辦！我要睡了。

衝動

這陣子覺得什麼事都做不好。在房間裡摺衣服的時候，突然覺得快被一股自暴自棄的情緒淹沒，於是我丟下待摺的衣服出門。時間是晚上七點多。我套上大衣遮住居家服，只抓了錢包放進口袋。

一個勁地走在夜晚的街道上，壞心情依舊澎湃，不見止歇。煩！煩死啦！我怎麼這麼沒用！為什麼這麼糟糕！為什麼！為什麼！一旦往負面思考就再也停不下來。

情緒一團亂，腳下不住往前走，突然發現，原來我一直低著頭。從走出家門之後就只垂頭看著腳下的柏油路。這時，才猛然抬頭往前看。哇！晚上的風有點涼，一陣風吹來讓先前不停運轉的腦袋冷卻下來。

肚子好餓啊。而且沒來由地想吃煎餃。今天妹妹不在家，只有我一個人。我們家有個不成文的默契，就是煎餃是家人聚在一起時吃的。但現在我不管了！一旦有了這個想法誰都擋不住我。

我刻意抬起頭，不讓自己的視線朝下，前往超市，買了韭菜、白菜、豬絞肉和餃子皮。然後趕快衝回家。顧不得那堆還沒疊完的毛巾，直接奔進廚房洗手，拿出菜刀，開始動手。

這麼行事衝動的夜晚，就我而言實在非常少見。憑著一股傻勁做出來的煎餃雖然沒那麼精緻卻好好吃。然後，那天晚上我終於從糾纏好幾天的惡夢中獲得解脫。

我想，我是靠腦袋的那些情緒而生。或許，要升天或墜地全在一念之間。一個小小的念頭就能讓往下掉的箭頭翻轉向上。只是該特別注意的是，反之亦然。

人生路上得設法靠自己來取悅自己才行。

定局

啊，至今還無法置信。參與《Come Come Everybody》這齣戲的演出已成定局。難以相信。簡直像一場夢。

光是接獲邀約已經讓我充滿驚喜，我決定豁出去，抱著愉快的心情面對在大阪放送局的最終審核。所謂的審核，是在實際搭建的布景內進行，造型、妝髮都比照正式演出，還出動了五台攝影機。很少看到這麼大陣仗的試鏡。劇組人員都很好相處，是個很舒服的工作空間。試鏡專用劇本挑選的都是很優美的台詞，呈現出恰如其分的拍攝氣氛，現場甚至還有專人指導方言。在回程的新幹線車上，我心想，啊，真是愉快又幸福的一次經驗。但坦白說，自己還沒什麼概念，很後悔沒有端出更精彩的演技。我向家人報告，雖然很開心但我看沒什麼希望了。

「但是搞不好……」我仍舊抱著一絲希望等待結果，這段時間真是煎熬，而且遲遲沒有下文，我想果然還是不行。想必接下來會等到落選通知。我開始自我心理建設，要自己別太沮喪。

沒想到，最後，竟然！竟然！

好想趕快更了解這部作品，而且忍不住想告訴爺爺、奶奶、過去的恩師還有親朋好友、眾多前輩們。這下子又是另一種煎熬。

話說回來，此刻眼前還有很多該做的事，過一陣子開拍後，身邊就會出現重要的角色。這讓我感到既開心，又緊張。好啦，該認真切換，把全副精神都集中在手邊的工作。

總之，現在我滿心感激。謝謝過去的一切機緣。

安子*，接下來還請多多關照，多多指教。

*譯註：上白石萌音在本劇中的角色名稱。

學習

茶几上放了一幅攤開的日本地圖。

「萌音啊，我們住在鹿兒島，就是這裡。這整個大範圍地區叫做九州，妳從上面照順序唸唸地名。」

「福岡，大方。」

「是『大分』哦。」

「大分？看起來跟大方好像耶。」

這是祖父和當時年幼的我之間的對話。也是我記憶中最早的「學習」經驗。那時候我大概還在唸幼稚園吧，忘了最後祖父是怎麼回應我，但我還記得那時覺得文字真是奇妙。

每次到祖父母家住幾天，都會學到好多事情。

還有一次，應該是唸小學的時候。

「已經很晚了，快去睡吧。功課等明天早上起床再寫。我跟妳說哦，早上起來寫的字最漂亮了。」

這是祖母告訴我的。不知為什麼，我竟然就接受這個論調，馬上跑去睡覺。隔天早上起床後，寫出來的字跡確實看起來好漂亮，跟前一天晚上根本天差地遠。

過了好久，久到我的年齡已經堪稱大人了，但每次看到「大分」二字都會讓我想起和祖父相處的時光。此外，遇到需要書寫重要文件時，我一定會安排在早上一起床後。當年祖父母的教誨已經深植內心。

其他像是媽媽教我讀樂譜、爸爸和我在洗澡時背誦的《枕草子》，這些從兒時難忘的學習經驗好多好多。看看我的身邊，竟然有這麼多優秀的老師呢！在那個對凡事好奇、總想一探究竟的時期，身邊隨時都有滿足我求知欲的大人。這不但是我的福氣，我想也因為這樣，才讓我變得如此熱愛學習。

仔細想想，從行走姿態、用餐禮儀或是怎麼刷牙，如何吹頭髮，這些事情我都是從其他人身上學會的。是非善惡，也是在觀察周遭人事物之後才懂得判斷。活著就是不斷學習，每一天，都是學習累積下的結晶。

「終生學習。」這是爸爸掛在嘴邊的一句話。希望我無論到了幾歲，都能珍惜面對任何事物產生的疑問，而且像個孩子保持開放的心態吸收新知。

水藍色

每次一想到萌音，我心中就會突然浮現一片豐沛的湖泊。這片湖泊非常深，出太陽的時候，陽光反射在湖面上閃閃發亮，仔細凝視湖底會發現魚兒悠游，怡然自得。就是這樣的湖泊。並非單一的水藍色，而是如同湖水一般，會因為角度、深度而出現變化的水藍色……。

「無論過了多久，對妳的支持永遠不變。」

富永朋子

（髮型師．在拍攝音樂錄影帶或參加電視節目演出時負責打理萌音的髮型。）

湖泊！哇，聽起來好棒哦！我直接想到的，就是我們曾一起到過的〈一縷〉這首歌音樂宣傳片的拍攝地點。那個地方真的很美，好安靜，好清新。

話說回來，一開始將水的顏色形容為「水藍色」的人，我覺得實在太有品味了。本來只是透明的液體，這個詞彙卻能精準掌握到水在光線下閃閃發光的那一瞬間。

富永姐給我的印象是米白色。簡單卻很溫暖，永遠那麼穩健，而且和任何顏色都好搭配，就是百搭萬用色的感覺。

——萌音

NO.6

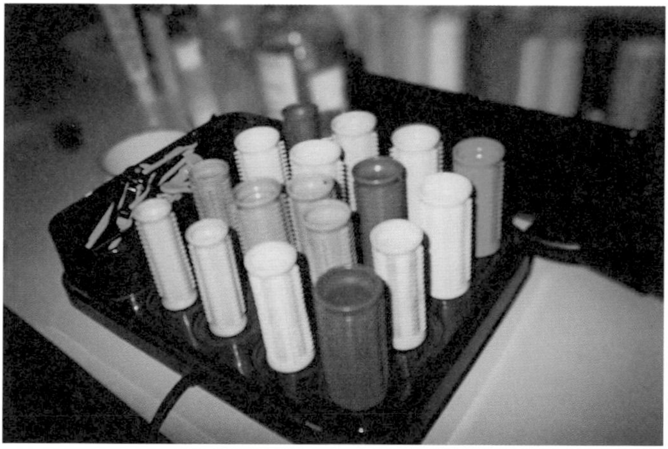

朗讀

今天我去錄製國語教科書的朗讀CD。去年是小學課本，今年錄的則是中學課本。對於曾經合作的單位再度向我提出邀約，真的很開心。何況朗讀課文這樣的工作內容，對身為「教師之女」的我而言，實在無比幸運。

這次更榮幸的是，我負責朗讀的內容竟然是唸中學一年級時最喜歡的課文——谷川俊太郎的〈早晨的接力〉。就在我一唸出聲之後，當年的記憶不斷湧現。有甜美，也有辛酸。哇！沒想到中學時的回憶竟然如此撩動人心。

還記得那時候，我一心一意試圖保持低調，滿腦子想的都是「拜託，每個人都別看我！」

唸小學時，我在墨西哥住過三年，當時全身散發出「大家看過來！」的拉丁魂，回國之後在六年二班的教室裡，依然故我，顯得特別突出。即使級任老師很欣賞這一點，還告訴我，「上白石，妳就這樣保持下去吧！」對我而言也起不了作用，後來我馬上變回日本人。等到要上中學時，我大概是全班最拘謹、最低調的人。

對當時的我而言，最鬱悶的就是國語課時的朗讀。因為，我太喜歡朗讀了！因為喜歡，好想盡情朗讀，可是又不想成為眾人矚目的焦點。於是，我選擇和其他人一樣，迅速且低聲讀過去。天曉得在心裡根本對這樣的自己厭惡極了！那時候真的好窩囊！

全班大概只有兩名同學會口齒清晰唸出聲音，我卻無法和他們一樣落落大方，反倒拚了命想混入多數人之中。

回想起來，教室真是個「恥力聚集地」。在正值青春期的一群人之中，說出自己真正的喜好需要極大的勇氣。尤其像我這種膽小鬼。

想想那時候無論面對什麼事都好辛苦啊。真想輕撫著當年那個自己的背，然後告訴她，等妳長大之後會因為工作關係有很多朗讀的機會唷！

步行

昨天，我跟交情很好的藤原櫻出去玩。前一陣子因為疫情的關係，悶了好久，總算如願出遊。

每次我和藤原櫻同遊時總是隨心所欲，我們倆壓根沒想過要事先規劃行程。就連集合的時間也沒訂得很明確，反正總是碰得到。

昨天因為她有想去的地區，於是我們就約在那邊碰面。由於只簡單說好集合地點，我們倆當然分別抵達不同車站，然後一開始就步行了一段路。

約在兩個車站的中點，看到彼此之後往對方飛奔。這種碰面的方式不太尋常，感覺似乎像電視劇裡的刻意安排，我倒也喜歡。接下來兩人就不斷步行，從車水馬龍的大馬路，到不見半個人影的小巷弄，我們一股腦兒走著，不停更換話題閒聊。

昨天討論時始終沒能決定晚餐要吃什麼。經過鰻魚飯餐館前兩人歡呼，「吃鰻魚好耶！」再走到串燒店門口時又忍不住舔著嘴說，「好想吃烤雞肉串哦～」

沒想到走著走著來到一區根本沒有半間餐廳的地方。照理說也可以折返，卻又因為不甘心，繼續發狠往前走，只見下一個車站就在眼前。查了一下，附近好像有一間很好吃的蒙古烤肉。決定！直接衝了！今天晚上無論如何都要吃蒙古烤肉！抱著這樣的心情一路奔過去，沒想到卻在途中看到泰式餐廳瞬間變節，最後吃了這個。先前的堅持啦決心啦，可以在一秒切割得乾乾淨淨，或許這就是我們倆的優點。泰式餐廳裡的空心菜和炒河粉美味可口到了極點，讓我們對蒙古烤肉沒有一絲留戀。

餐後持續一直走，一直走，找到一處感覺不錯的公園，就拿出隨身攜帶的餅乾開起夜間茶會。兩人並肩坐在長椅上看著夜景，美極了。忍不住洋洋得意了起來，竟然在東京找到這麼棒的地方。

現在和藤原櫻碰面，就跟見到家鄉的朋友差不多。我們倆會盡情歡笑，講話時夾雜點鄉音，開心到暈頭轉向。

從工作結束後的傍晚六點左右集合，到晚上十點多解散，竟然走了差不多一萬五千步。我們倆每次都這樣走過頭。在回程的電車上道別後，我輕輕捶著兩條鐵腿，仍學不會教訓繼續思考著，下次要一起去哪裡走走呢？

剪斷

我剪了頭髮。爽快剪掉十公分，好輕盈～拿小梳子梳頭，比起早上更快就梳到髮尾，這感覺真新鮮，讓我忍不住一直摸著自己的頭。

由於我通常要配合飾演的角色來改變髮型，很少有機會能有自己想要的髮型。多半是想剪得要命的時候不能剪，想留的時候又必須剪短。雖然偶爾覺得有點悶，但一想到「為了工作剪頭髮」聽起來又感覺好帥氣。

於是，這次也是為了二〇二一年一月開始的電視劇而改變髮型。這部戲是原創劇本，和有原著時不太一樣，可以和導演討論之後自由想像，加以發揮。因為這次飾演的角色最大的特色就是「平凡普通」，因此做了中長度鮑伯頭的設計，外加瀏海，然後染成一般最常見的褐色。

每次要準備新戲之前，都會讓我緊張上好一陣子，甚至想逃出國。不過，只要在開拍前一剪了頭髮，我就會有「已經逃不掉」的心理準備。坐上椅子，似乎想讓剪刀斬斷我心裡的一切迷惘與不安。對我來說，這也是個下定決心的儀式。

此刻是二〇二〇年十一月二十二日，傍晚六點。再過十二個小時，新戲的資訊就會公諸於世。胃已經開始隱隱作痛，理論上明天該早起，但感覺今晚是睡不著了。這個過程無論經過多少次別說無法適應，我甚至覺得隨著經驗累積愈來愈緊張。話說回來，對這股幸福的揪心，我真的滿懷感激。

好啦，頭髮也剪了，接下來就狠下心正面對決吧！

整齊俐落

手指頭乾淨漂亮的人，無論男女都讓我深深著迷。我就是個手指控。

究竟是怎麼發現自己有這種癖好呢？回想起來是舞妓的關係。當初在拍攝電影《窈窕舞妓》的時候，恰巧有很多機會在京都見到舞妓，每一個人的手指頭真的都好漂亮哦。我還記得，一起搭乘計程車時，舞妓小姐伸手將隨身的口金包開口「咔嚓」一聲關起來時，細緻的手指頭讓我忍不住看得怦然心動。自此之後，我開始對別人的手指頭有著強烈的興趣。

其實，在這之前還有其他相關的記憶。唸中學時，班上有個萬人迷同學Y男。他的個性文靜內向，就連很多男同學也喜歡他。雖然他就像大家說的，五官清秀、運動神經發達，腦袋也聰明，但我總是偷偷心想，其實他的手指頭好漂亮哦！細細長長，看起來非常有氣質。再加上他的字跡也很工整。哇，仔細想想還真是不可多得的優質男孩呢！

當然，指甲也很重要。在我心目中長年穩坐冠軍寶座的，就是某位醫師的指甲。她在我習慣去的那間診所任職，是一名俐落大方、為人和善的女性，留著修長飽滿的指甲，簡直是一百分。用她那雙手充滿節奏感地敲著鍵盤，美到天下無敵！

我也會特別把注意力放在自己的手指頭上，因此經常戴戒指。不過主要都是在家裡戴。因為工作的關係，戒指得時常戴戴脫脫很麻煩，而且戒指似乎很容易招致各式各樣的誤解，必須很小心因應。

收工回家之後，先洗手，換上居家服，然後戴戒指。這樣的順序或許和多數人相反。但對我來說，戒指算是一項訓練工具，讓我學習自己一心嚮往的動作。摺衣服、滑手機、敲打鍵盤，讀書。在每一個平凡無奇的舉手投足之間，一旦戒指映入眼簾，腦袋就會閃過我心目中「理想的指尖」，於是提醒自己要有整齊俐落的手指。

結果，在電腦前敲打鍵盤的當下，突然成為主角的十指緊張了起來，胡亂晃動，一連打錯好幾個字！看來得繼續多多鍛鍊。

下雨

星期五晚上，看完劇在回家的路上。那是一齣相當值得深思的戲，非常精彩，令人感動，我在計程車上反覆思考。心跳加速，腦袋高速運轉，兩眼直盯著副駕駛座椅背上的把手。然後，聽見滴答、滴答的雨聲後才回過神來。

我在離家還有一小段路的地方下車，慢慢走在雨夜的路上。窄巷裡臨時停了一輛大型黑色轎車。我停下腳步，出神地想著這下子該往右或往左好閃避車輛呢。看著無數的雨絲在車頭燈的照射下，我心想，「好美的線條！」撐著早上帶出門的雨傘，聽到傘面傳來的滴答聲，「這聲音聽起來真舒服。」然後，吸了一大口溼潤的空氣。

在東京，即使下雨也沒有什麼氣味。鹿兒島在飄過火山灰之後下雨，似乎會產生什麼化學反應，讓空氣中瀰漫著硫磺的氣味。鹿兒島有雨天的氣味，東京卻沒有。

就在我的思緒愈飄愈遠時，黑色轎車的車主小跑步回到車邊，「啊，不好意思。」我回了他一句「不要緊的」繼續往前走。

到了住家大樓門口，看到整理維護得很漂亮的植栽葉片上，有雨滴彈落。雨水就像在跳舞，有趣極了。忍不住心想，無論是小草，或是我，都很努力唷！

由於世界上也有些愛雨的人，氣象預報似乎規定不使用負面的詞彙來形容雨天。聽了這個小常識之後，每當下雨天，我就會默默在心裡為那場雨取名字，像是「讓人忍不住噗嗤的雨」或是「聊表心意的雨」等等，然後自己得意了起來。遇到下雨感到憂鬱的話，不妨試試。

發聲

看著距離工作還有一點時間，乾脆到咖啡廳寫稿好了。沒想到，突然聽到我母親的聲音，清晰到直竄進心底。我大感驚訝之下，想也沒想就把正在寫的稿子檔案關掉，打開了另一個新的檔案。

這間咖啡廳，就是所謂的「純喫茶」，一踏進來就能感受到是當地長久以來廣受歡迎的店家。無論是看來年代久遠的桌椅、從挑高天花板垂吊的玻璃燈，店內充滿了各項「正宗純喫茶」的元素。在寬敞的店裡，不斷聽到母親的聲音響徹整個空間。聽得到她和其他顧客之間的閒聊，連她點餐時我也忍不住想回應。感覺她是以全身在發聲，是一種令人想聽她唱歌的聲音。真好。

有時候，即使只是交談過隻字片語，對方的聲音會一直留在腦海中。偶爾會遇到聲音太美好的人，結果聽得太入迷完全沒把心思放在內容上。聲音，帶著一股力量。參與《令和元年版　怪談牡丹燈籠》這部作品時，在演員一起讀劇本的階段，谷原章介先生就坐在我旁邊，由於他的聲音太迷人，以致我聽得出了神，一瞬間忘了自己要接續的台詞。當他的聲音稍微提高時，自己也感受到五臟六腑產生共鳴。對聲音控而言，這真是一段令人沉醉到無法自拔的時光。

演員，尤其經常演出舞台劇的人，聲音真的都很響亮。無論用多細微的聲音講台詞，因為是以全身發聲的關係，每一字每一句都能讓遠在最後一排的觀眾聽見。在觀眾席上聽到這個聲音時，會像是聽到附耳在旁的小祕密，感到心驚；而同在舞台上的演員，則會為這麼細緻的發聲起雞皮疙瘩。能夠傳到遠處的聲量幅度越廣，代表表達時能夠收放自如。看起來很簡單，其實是一門大學問。希望我也能學會。

啊！聽到媽媽點餐的聲音了。巧克力聖代？好好哦。我本來只想叫杯飲料，但肚子餓了，決定還是點個茄汁義大利麵。清晰的發聲，似乎也會帶動顧客的肚子咕咕叫。

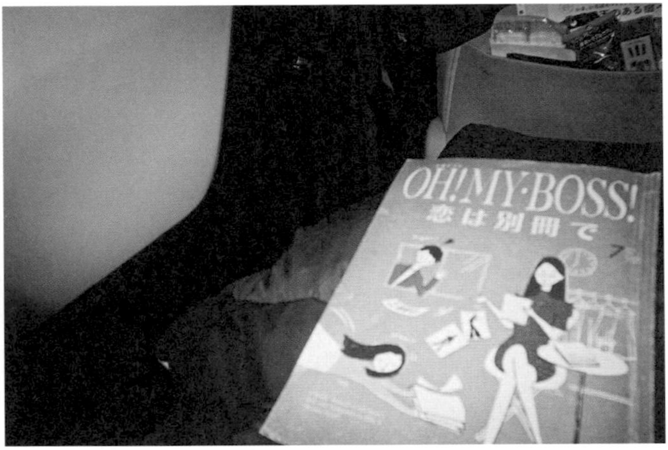
OH!MY·BOSS!
恋は別冊で

交流

直到最近，才知道有個朋友和我住得很近。我們是同一所高中的同學，雖然從來沒同班過，感情卻莫名的好。

因緣際會，本來提議「不如來通信吧！」就在彼此交換地址時忍不住大笑，「欸！等一下！我們直接碰面比較快啦。」這才發現住得好近。

從那次之後，我們不時會約了散散步，或是互相分送一些家裡多的東西。

今天也是，對方突然捎來訊息問我：「要不要吃文旦？」然後約好十分鐘後在附近的公園碰面。正當我把幾顆當作回禮的橘子塞進紙袋時，手機又傳來對方的訊息。

「我們這樣好像『動物森友會』哦（笑）」

哇！真的耶！上次是蘋果換柿子，今天是橘子換文旦。我趕緊帶著水果出門，交換之後散步閒聊一會兒便道別。這不就是心目中理想的悠閒生活嗎！就算沒到森林裡，但是在東京竟然能和鄰居有如此溫馨親切的交流，真是美好。

希望有一天能端著整鍋馬鈴薯燉肉之類的料理去跟對方交換，然後約好下次她要還我一整鍋的豬肉味噌湯。

目送著她把橘子放進自行車前方的置物籃，瀟灑離去的身影，我的臉上忍不住泛起微笑。看來，又多了一個短期內不會搬家的理由。

定裝

前幾天參加了《Come Come Everybody》的定裝。到了和最後一次試鏡同樣的地點——NHK大阪放送局之後，和試鏡那天一樣，上上下下樓梯；也和試鏡那天一樣，又搭了電梯。不同的是內心緊張成分的比例。不安：期待從八：二轉變為三：七。

在眾多劇組人員面前介紹我是「女主角之一」時，整個人感覺輕飄飄，忍不住笑了。哇，女主角耶，我竟然真的要變身安子了。在體內最深處竄起一股喜悅的情緒。

我覺得定裝是貼近角色的第一步。對於穿著的喜好、色調、質感與品味，等於反映出這個人的生活。工作人員從準備好的幾櫃衣物裡一件件挑選出來，「這個不太搭」、「感覺不錯」，一邊試穿，大家紛紛表達看法。還會搭配試幾雙鞋子，更換提包，改變髮型等等。每換一次造型，從屏風後面走出來，有時候大夥兒鼓譟著叫「好耶！」有時候眾人卻立刻陷入沉默，不置可否「……呃」。穿穿脫脫，來回調整，一點一點勾勒出這個角色的形象。

當一大群劇組工作人員聚焦在我身上時，我也開始偷偷觀察起每一位工作人員。「這個人笑起來是這副模樣呀。」「難道這就是他的口頭禪嗎？」就像這樣，我會暗中注意這群接下來要一起相處幾個月，變得像是一家人的夥伴。

今天竟然讓大家花了整整五個小時。這也是我第一次遇到如此考慮細節的定裝。起初大夥兒似乎還在彼此摸索，但大概過了一小時，場子逐漸熱絡起來，到最後甚至還會彼此叫囂，「我心目中的安子就是這樣啦！」是的，安子就是如此惹人愛。

原先腦中隱約描繪的少女形象，逐漸形成具象的實體。要自己牢牢記得穿上戲服的心情，要成為符合這套戲服形象的女孩。就從今天開始。

閒聊

我和妹妹明明住在同一個屋簷下，有時候卻可能好幾個星期也見不上一面。要是有其中一個人長期到外縣市工作自然就碰不著，而且就算兩個人每天都回家，經常起床和睡覺的時間也完全不同。因此，只要一回家聽到妹妹打招呼「妳回來啦！」我都會好開心。

我們倆一碰面就聊不停。在客廳裡一坐下，接著就講個沒完沒了。就算對方在吃飯或是看電視，另一個人仍絲毫不以為意繼續講。萬一是相隔好一陣子總算碰到面，那更是停不下來，聊到半夜也習以為常。至於話題的內容，從無聊的瑣事到工作上的煩惱，應有盡有。

有些事情，我只會對萌歌說。那些我連對好朋友、前輩，甚至父母都說不出口的事情。

當然不是什麼見不得人的事情（呃，好吧或許偶爾也有啦），而是有些難以用言語表達的感覺，或是很難與他人有共鳴的枝微末節，她一下子就懂了。因為我們長久以來一起生活，有著相同的血緣，又從事同樣的工作，才會互相理解。兩人的頻率之搭，妙不可言。

當我們意見相左時，從來沒發現的觀點會讓我有所頓悟；有煩惱時找她商量，會有一種撥雲見日的感覺。然後，我這個做姐姐的不免心有所感，「沒多久才年紀小小的妹妹，一下子竟然變得這麼懂事，講話這麼有道理。」

二〇一一年一月九日。萬一那天的甄選會上我們倆只有其中一人入選，後來會變成怎樣呢？*我想彼此的關係不至於鬧僵，但或許不會像現在有這麼深的感情了。想到這裡，我由衷感謝音樂劇教室的恩師，正是她說「機會難得，妳們倆就一起報名吧！」還有經紀公司的大夥兒決定一起簽下我們倆，「既然這樣，一次照顧兩個人吧。」

看來，接下來這種時常見不到面的生活仍會持續好一陣子。這段時間的留白會讓接下來的閒聊更加熱絡，就讓我們多累積一些話題吧。

＊譯註：這裡指的是第七屆「東寶灰姑娘」的甄選會。當年萌音獲得評審特別獎，而妹妹萌歌拿下首獎。

歌唱

對我來說，歌唱有兩種。為了工作而唱，以及工作之外的歌唱。經常在錄音間唱了一整天之後，我回到家還繼續唱著好幾個小時。家人對此感到很驚訝，「妳還唱不夠啊？」我卻覺得這是兩碼子事。

我在快兩歲時開始唱歌。第一次能正確掌握到音準和節奏，是在看NHK的兒童節目「捉迷藏遊戲」時，據說我可以百分之百完美跟唱到主題曲的最後一個音。身為前音樂老師的媽媽笑著說，「當時我還想，搞不好這孩子是音樂天才呢！」媽媽也是我第一位歌唱老師。

自我懂事以來就是生活一部分的歌唱，後來終究也成了工作。一旦當「喜好」成了工作，就不能隨隨便便等閒視之了。無論開心，或是艱苦，愈是喜歡這些情緒就愈巨大。

因為有了「歌手」這個頭銜，我對於歌唱產生了責任感，不能只是自己唱得開心就好。剛有了歌手的身分時，我也曾經感受到沉重的壓力，認為自己不能犯錯，千萬要唱好，甚至因此害怕唱歌。現在雖然漸漸不再受到這樣的情緒控制，但骨子裡仍然潛藏著同樣的恐懼。

話說回來，即使如此我對於「歌唱」單純的熱愛依舊未變。平常在家裡，我真的可以唱歌唱個不停。尤其我會把浴室當作演唱會現場。因此，找房子的時候我要把「可使用樂器」當作必備條件：未來若有同居室友也得事先確認「可以接受我唱個不停吧？」我要是一不唱歌，就代表身體或心理出狀況，也就是說，歌唱成了我個人的健康指標。

真想在舞台上就像跟在家裡一樣歌唱，希望能讓我心目中兩種歌唱合而為一。發聲前的呼吸總是讓我感到雀躍不已。為此，需要做更多的練習，而且要培養起強大的意志力。不喜歡就無法持續下去，正因為熱愛這件事，才能長久維持。

唱歌時會比平常吸入更多空氣，嘴巴比平常張得更大，心靈也更加開闊。然後，讓心思隨著大量空氣呼出時一舉發出聲音。等到把氣完全吐光到肺部幾乎扁塌時，再次大口吸氣。這樣的動作一再反覆下，就成了音樂。就算艱難，就算心生恐懼，我還是戒不了歌唱。畢竟，這份樂趣可是從我兩歲的小小年紀就已體會，早就無法自拔。

爸媽當初給我取名「萌音」，正是「希望這孩子喜歡音樂」，我也完美實現了他們的願望。這輩子無論發生什麼事，這個名字都不會變，因此，相信我的人生也永遠離不開音樂。

しろちか

黃色

萌音的笑容柔美溫和，就像療癒人心的相思樹花朵。

希望有機會能幫更迷人的萌音拍照。然後有朝一日想要一起在咖啡廳吃蛋糕，輕鬆閒聊。

山本步

（攝影師。曾為萌音拍攝 CD 封面及統籌本書攝影）

小步姐之前推出的攝影集《foam》有四款封面，那時候我毫不猶豫就挑了黃色。一般想到黃色，總會有明亮到刺眼、閃閃發光的印象，但那本攝影集的黃非常柔和，帶有活力。我很喜歡那張照片。

我之所以能在小步姐面前露出溫和的笑容，正因為小步姐也那麼親切和藹，令人感覺放鬆自在。

在我的心目中小步姐也是黃色，而且就跟這一頁一樣，是帶著淡淡米色的淺黃。

——萌音

吃

聽說我的口頭禪之一就是「肚子餓了！」既然是從平常跟我相處最久的經紀人口中得知，那就一定錯不了。

的確，仔細想想，我隨時肚子都很餓，尤其是工作結束時。我這個人非常容易緊張，多半在工作前都吃不太下東西，但總不能什麼都不吃，所以經常是先喝了一肚子水，設法撐過幾小時的工作。然後，等到工作順利結束，整個人放鬆之下，肚子開始咕咕叫，就會聽到我大喊：「我肚子餓啦!!」這似乎已成了我的慣性。

好啦，接下來才要面臨真正的問題。想吃東西，每次卻又不知道該吃什麼才好。我在某些地方真的非常優柔寡斷。嘴上不停哀哀叫「肚子好餓」，但如果問「那妳想吃什麼？」我又馬上閉嘴，靜悄悄。大家身邊都有一種人吧？就是平常反應快得要命，但每次真的臨時有事找他人竟然怎麼都聯絡不上。大概就是這種類型。我猜，經紀人每次也被我搞得很煩吧。

面對不斷哀嚎卻又拿不定主意的我，經紀人再也看不下去，終於幫我出點子，「日式、西式、中式、義式、法式、異國風？」嗯——嗯，好像每種都很搭現在的心情，一方面又覺得都不太對。

「……這附近有沒有什麼推薦的餐廳啊？」

「嗯……這一帶什麼都有啦。」

真是的！東京這個地方，怎麼走到哪裡都是一應俱全啊！真讓人傷腦筋。每次都這樣，花了好長一段時間，總算抵達選定的餐廳。但這時安心還太早，相信各位都猜到了，等到坐定位、攤開菜單，真正的硬仗才要開始。我這個人，當然不可能迅速明快就點好菜。

寫到這裡，連自己都要不耐煩了起來。不僅經紀人，還有我的家人、親朋好友，大家真是太有耐性，我得好好感謝各位。多虧這些心胸寬大的人，讓我能這樣繼續覓食。

夾

把厚被子拿出來。冬天到了。

整個人一鑽進被窩，同時感受到冰涼與溫暖。然後，在被窩裡把全副精神都集中在唯一露出來的腳趾尖。保持不動之下，只有雙腳碰到棉被的部分會變得暖和。過一會兒稍微移動一下腳就又會變冷。然後再慢慢暖起來。

我從小就有個習慣，睡覺的時候要拿東西夾在腿間。在家裡會拿抱枕，到了飯店住宿會從床上一堆枕頭挑一個夾。小時候還會夾著爸爸。仔細想想，爸爸真的好疼我啊。睡覺時被女兒這樣用腳夾住也毫無怨言。

說來說去，睡覺時最好夾的還是棉被。堪稱極品。棉被內側因為體溫而變得暖和，外側則在室溫下保持冷涼，雙腿一夾，就能同時感受到冷暖溫差。

用腳尖暖被的工程重複幾次之後，棉被冷涼的部分逐漸變少，一隻腳也開始不安分，鑽出被窩。房間裡的空氣好冰涼，而我整個人包裹在暖暖被窩裡。在內心對於棉被深表感激的同時，雙腳仍毫不留情將棉被夾緊。就這樣，在冷暖來去之間，漸漸進入夢鄉。大家晚安。

補充說明。我跟媽媽聊起用腳夾東西的習慣，媽媽說，「那個啊，就跟妳爸一個樣！」原來是遺傳！爸爸被我的雙腳夾住時，大概心想，「這感覺我懂！」吧。總之，謝謝爸爸。

受潮

我習慣在泡澡時都會帶著一本書進浴室。跟別人聊起這件事，對方總會說「這樣書不就會受潮，變得軟趴趴嗎？」正因為喜歡這樣，我才會把書帶進浴室。無論書籍或是劇本，只要我讀過的，幾乎不會再轉贈或轉賣，因此愈是受潮變得愈破爛，就更顯示我的愛不釋手。同樣的道理，書本的髒汙或破損對我來說都是喜愛的印記。

拍戲期間我多半會帶著劇本進浴室。每次讀劇本幾乎都是從頭讀到尾，泡澡的時間也就自動延長，然後劇本頁面也會因為受潮而膨脹。等到拍完之後，整本劇本厚度比當初拿到時漲了一倍。輕輕撫摸著有些皺褶的封面，內心逐漸湧現這段時間面對的滿滿成就感。

之前和中山裕介先生共事時，他也提到泡澡時會帶著劇本。「劇本受潮變得膨脹的感覺真棒，對吧。」兩人就這個話題聊得好起勁，但他想得更深遠了。

「劇本一旦受潮變得膨脹又軟趴趴的，感覺這個人好像讀得滾瓜爛熟，很帥氣吧！」

然後他揚起嘴角，露出戲謔的淺笑又接著說。

「但這其實有風險耶，萬一實際演起戲來卻是個半吊子，人家就會覺得這個人劇本都讀成這樣了居然還這麼蹩腳！」

啊！對耶!!中山裕介先生這種帶點嘲諷卻直搗核心的精準言論風格，我愛得不得了。

我對其他人的劇本也非常好奇。有些人的劇本很乾淨，始終保持像是全新的；也有人的劇本一看就知道是隨身攜帶，而且經過大量翻閱。至於做筆記的方式，或是習慣在哪裡用什麼形式簽名，真的形形色色，人人大不相同。正因為如此，我才覺得劇本裡似乎充滿了個人隱私，不方便直盯著瞧，但每次只要和業界前輩聊起大家怎麼使用劇本，怎麼讀劇本，這話題總讓我樂此不疲。

即使飾演的角色告一段落，我也從不丟掉劇本。房間裡的書櫃放不下，就帶回老家收在兒時的房間裡。然後每次返鄉就坐在一排舊劇本前面，隨手抽出一本來翻閱。每一本都滿是摺痕、破損及髒汙，看著這些痕跡，內心又忍不住激動了起來。

減量

現在是晚間九點半，我已經餓到全身無力。腹部不停蠕動，再下去就會聽到咕咕叫的聲音了。肚子好餓啊——

為了接下來扮演的角色，最近正在減重。其實在戲裡經常需要改變體重，減重這件事我也已經習慣了，卻怎麼也無法適應餓肚子。此刻一伸手就拿得到食物，想吃的話馬上有得吃，我仍繼續忍耐。這是一種修行。

照理說，好好吃飯，認真運動來減重，這才是對身體最好的方式。無奈拍攝期間真的抽不出時間運動，每次都只能靠節食這一招。大多是早、午餐吃好吃滿，晚餐就輕輕帶過。這麼一來，通常就會在這個時間覺得肚子餓了。

到了某個境界之後，空腹會讓整個人嗨起來。彷彿在說，「很好，很好，變瘦了變瘦了，就這樣繼續下去！」這股高漲的情緒不如就稱作「節食者亢奮」吧。肚子一餓就雀躍了起來，這聽起來有點危險。

嘴上這麼說，但一閉上眼睛腦海中浮現的全是高熱量食物。炸豬排、起司漢堡、味噌拉麵……想著誘人的好滋味，同時倒了一杯水大口大口喝。這麼一來，就能稍稍止飢。食欲就算不能放水流，仍舊能夠用水填滿。怎麼好像連話都講不好了？這也算在肚子餓的帳上吧。

這種節食的日子過了一陣子，難怪等到殺青後要慰勞自己時老是想到吃的。有時候乾脆盡情吃洋芋片，吃到百分之百心滿意足，然後再徹底後悔。就連這股罪惡感也令人感覺十分美好。

寫著寫著，肚子已經不再咕咕叫，超越了空腹來到「無」的境界。沒錯，空腹是可以超越的。來到這裡，就是我贏了！開始期待起明天的早餐，但我得在忍不住吃東西之前趕緊上床睡覺了。

M1 白い泥
M2 土砂降り
MC
M3 あくび
M4
M5
Little Birds
映像
M6
M7
M8
M9

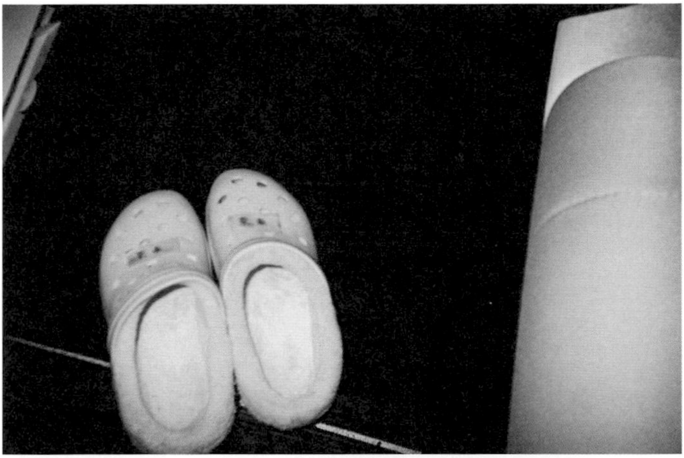

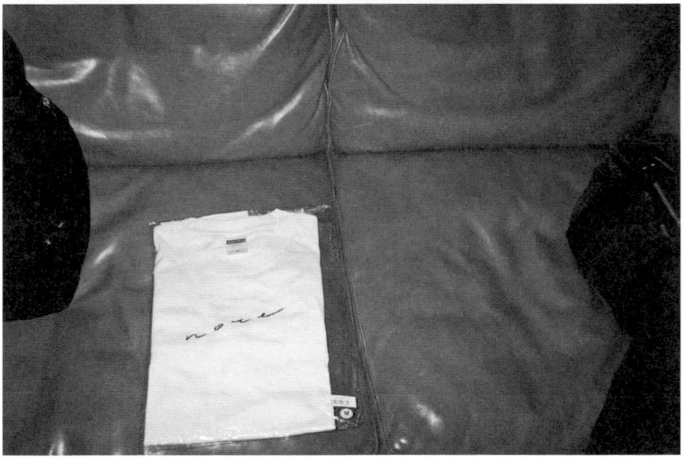

發牢騷

在家鄉工作的好朋友總是突然打電話來。多半是在週末，多半是晚間九點、十點，多半電話一接起來劈頭就是「欸，我跟妳說～」

內容就是永無止盡地發牢騷。「真的，大家都很辛苦耶！」像是工作不順利，跟同事、前輩合不來，或是遭到誤解被人說三道四，有時為了自己的窩囊不開心。我們經常在電話兩頭同仇敵愾，偶爾也就事論事，「不是啦，這要怪妳吧。」

我們倆發牢騷時會取得完美的平衡。比方說，她抱怨一件沉重的事情，接下來我就隨口發個牢騷，內容超白痴然後大概二十秒講完。兩人聽完捧腹大笑之後，接下來再換我認真說。開頭先預告真的好難過，接著對方就會當作一回事仔細聆聽，然後立刻態度一百八十度大轉變全力搞笑。我們倆的優點就是，絕對不會把氣氛搞得太僵、太凝重。像這樣，一來一往的對話中，偶爾會冒出連我們自己都想像不到的名言或真理，兩人同時有所頓悟。經常心有所感，明明不久前才是高中生，怎麼一下子就變成能講出這種至理名言的大人了。

她瞞著身邊的人，沒讓大家知道我們是朋友。有時候會和別人開心聊起我的事，然後就喜孜孜地來跟我說。每次我都告訴她，其實也沒必要特別隱瞞，她卻始終堅持不透露。也因為這樣，面對她，我可以很放心地亂發牢騷。有這樣的朋友真好。

不過，其中也有例外，就是她會很快告訴男友認識我的事。這一點讓我覺得她好可愛。對了，我幾乎跟她歷任男友都視訊通話過，而且我會擺出死黨的態度恐嚇對方，「你要是敢把她惹哭就死定了！」不過，恐嚇歸恐嚇，好友還是不免被惹哭，反正到時她又會打來發牢騷。

過去我一直以為發牢騷是件不好的事。但是，現在我想抬頭挺胸「倡導發牢騷」。只要弄清楚對象和ＴＰＯ*就行了。反倒是為了心理健康應該不時發發牢騷。不過，要注意的是發牢騷可不是口出惡言，讓我們多發「良性牢騷」吧。

＊譯註：time 時間，place 地點，occasion 場合。

敲打

我喜歡什麼樣的聲音？

菜刀在檜木砧板上剁的聲音。拍攝連續劇或電影的片場裡攝影機從腳架上拆下來的咔嚓聲。滴答滴答輕快俐落的車輛方向燈閃爍聲。LINE傳送訊息時咻的一聲。其中我最最愛的，就是敲打筆電鍵盤時咔咔咔的聲響。

現在指甲長到恰到好處的長度，寫起散文時鍵盤發出迷人的敲打聲。明天要拍的那場戲一定會帶到手部特寫，得趁今晚把指甲剪了才行。想到這裡，就想要多聽幾聲那悅耳的聲響，自然而然打字的速度也變得飛快。就算錯字、漏字變多，得頻頻按下刪除鍵，但為了聽到聲響也管不了那麼多。

我的經紀人打字速度快得不像話，我們已經共事五年，到現在我還是常忍不住大笑。她打字不僅速度快，而且很用力，即使在遠處用電腦工作，也能藉由聲音找到她所在的位置。她敲打著大量文字交涉、討論，滿滿的感謝、道歉、煩惱，這些都能從她行雲流水的打字聲傳達出來。謝謝。這真是充滿感謝的聲響。

每個人對聲音的喜好各有不同，但喜歡打字聲的人似乎還不少吧。如果有同好的話，我要強力推薦一首由勒莱・安德森（Leroy Anderson）作曲的曲子——〈打字機〉（The typewriter）。這首曲子恰如其名，是用打字機當作樂器，和管弦樂團合奏而成。不只是敲打鍵盤的聲音，就連換行的「叮！」，以及「咻」拉動拉桿的聲音都成了樂曲的一部分。實際上真的使用打字機演奏的景象非常有趣，希望大家能找到影片觀看。話說回來，這首曲子的樂譜究竟長什麼樣呢？好想看看，而且自己也想演奏看看!!

對了，這首曲子當年是唸中學時固定在掃除時間播放，每次聽到都覺得整個人靜不下來。要是在家裡打掃時播放應該會很有效率吧。下次試試看。

前往

在投入一部作品之前，我喜歡造訪故事舞台的土地或是作為藍本的地點。這似乎已經成了一種習慣，萬一沒能如願時就會感到心神不寧。在我接下音樂劇《Knight's Tale－騎士物語－》後也嘗試想到希臘走一趟，但終究沒能成行。當時我真的好不甘心哪。

尤其當我依循著真實人物的足跡時，會有一種無法言喻的感動。在接下舞台劇《組曲虐殺》後，我走訪小樽時就有深刻的體會。我飾演的田口瀧子女士（本名田口瀧），她與小說作家小林多喜二彼此深深相愛。即使在時代的洪流衝擊下，兩人的感情遭到撕裂拉扯，背負著哀傷的命運，田口女士依舊堅強活下去，也是一位讓我深受感動的女性。

我在前往小樽之前研究了一下，找到一處神社，據說是兩人固定約會的地點，於是決定到那裡看看。

整個人彷彿在蒸籠裡的酷暑下，我走在小樽的主要幹道——境町通上。很巧的是，當天正好是風鈴祭和阿卡貝拉音樂節同時舉辦的日子，街上到處都是年輕人和情侶。在人群之中，我獨自默默前進，看到右前方的小巷弄。就是這裡！右轉走入空無一人的小徑。前往旅遊書上沒有列出的地點，這股特殊魅力真是令人難以抗拒。

沿著長長的石坡而上，小徑愈走愈窄。想當初，他們兩位大概也是並著肩，像我現在這樣邊走邊氣喘吁吁吧。大概經過五分鐘，出現了階梯，拾級而上就看到前方的神社。四下無人，連蟬鳴似乎都降低了音量。來到這處涼爽且神聖的場所，先前的燠熱與喧鬧彷彿夢一般。過去，他們兩位就在這裡。

我在參拜正殿前合掌了好一會兒。臉頰感受著清風拂過，在心中默禱，我會好好演出這個角色。

神社位於一座小小丘陵上，從正殿側邊能夠遠眺小樽海景，一覽無遺。我靠在柵欄邊，細細欣賞著這片景致。往昔多喜二老師與田口女士遠望的這片景致。目光所及實在太美，讓我忍不住想拍下來。沒想到拿出相機才發現因為高溫的關係而故障。那麼，我只好把一切烙印在腦海中，所幸如此，到現在還能隨時回想起來，歷歷在目。

日後，無論在舞台劇排練時或公演中，好幾次我都憶起那趟旅程。土與水的觸感、清風拂過的膚觸。自己的雙腳真正踏上那塊土地的感受，都化作真切的記憶，成為內心的強大支柱。

這類行程我通常獨自前往，卻一點都不孤單。因為飾演的角色會為我一路導覽。接下來，又會有哪個角色帶領我到什麼樣的地方呢？看似隻身上路的雙人旅程，今後也將繼續下去。

住宿

抵達！到了拍攝晨間劇期間準備住宿的房間！通常長期待在外地拍攝時，我總是毫不猶豫選擇住在短租公寓。

嗯，這個住處感覺很舒適。位於走道盡頭的邊間，光是這一點就一百分！

在託運的行李送達之前，我打開自己一路拖來的行李箱。多數生活必需品都裝箱託運，因此行李箱內差不多都是裝飾品。療癒系吉祥物圖案的坐墊、心愛的木盒、喜歡的書和漫畫、桌曆、木雕擺飾等等。把這些物品一一放到舒適的位置時，心想著果然隨身帶著這些太好了。看看在行李箱的每一件，其實都很占空間，像是坐墊，不知道被我淘汰了多少次，但最後決定塞進去是對的。此刻，我就抱著坐墊書寫這篇文章呢！接下來有好長一段時間要一個人生活，想必會遇到某個低潮的瞬間，卻因為有這些「無謂之物」而得救。沒錯，畢竟最了解我的就是自己。

在住處裡讀著劇本，每天滿腦子都是安子。接下來將迎接好多個早晨，或許醒來神清氣爽，也可能會睡過頭；有時候帶著滿滿幸福感收工，搞不好偶爾心情盪到谷底一進門直接倒在床上。但無論什麼樣的日子，無論什麼樣的心情，我都會回到這個住處。

這間住處與我，接下來將有深入親密的相處。還請多多關照。

啊！行李送到了！得趁今天全部整理完，不然就會一直丟著不管了。就說了嘛，畢竟最了解我的就是自己。

活著

多年來不曾忘記。還記得住在墨西哥的那段時期，有一次是從阿卡普爾科（Acapulco）這個地方回家吧。在全家出遊回程的車上，當年七歲的妹妹突然哭了起來。毫無預兆，就像燎原星火，一發不可收拾。

所有人都嚇了一跳，問她「怎麼啦？」妹妹抽抽噎噎說道，「我會死掉嗎？爸爸、媽媽、姊姊也會死掉嗎？」

在旁邊看著她這副模樣，我也受到感染跟著哭了起來，「我不想死啊，我好怕。大家不要死啊。」接近黃昏時分逐漸轉為橙色的天空看來分外詭異，還有隔壁車道一輛車的車尾貼著耶穌像，這些細節的記憶都莫名清晰。後來，無論爸媽說什麼都沒用，我們兩姊妹有志一同哭了好久好久。

那個歲數的孩子經常會出現這類狀況，莫名其妙就感受到一股對「死亡」的恐懼。而且我發現，似乎多半是在感覺非常幸福的瞬間，特別容易有這股感觸。一想到哪天會再也見不到最喜歡的人，就覺得好害怕、好害怕。

這幾年，在這樣的大環境下，面臨死別的次數愈來愈多。無論是心跳停止，或是停止心跳，似乎就只是一瞬間。但同時也深刻體會到在面臨這一刻且接受這項事實有多難。即使如此努力活著，也不曉得這一刻何時會來。甚至是隨時相伴。

記得在某本書上讀到類似這樣的內容，「因為不確定和對方是不是最後一次交談，無論當下心情多糟，都別忘了道別時要向對方開心揮手。」後來，我總會提醒自己這一點。每次刻意去想「搞不好這是最後一面」太令人吃不消，因此我總是把這個念頭留在潛意識，但要自己別忘了直視對方，並且笑著說再見。萬一不歡而散卻成了此生永別，那就千萬個後悔也來不及了。

現在我仍和當年一樣，對「死」充滿恐懼。想到那一刻終有一天會來，還是覺得好害怕。因此，我隨時都希望自己能活下去，能活多久是多久。

重返

相隔好一陣子，我又拿出電影《窈窕舞妓》的劇本重讀。偶爾我會這樣，找出舊作品的劇本再讀一次。通常這都是在我想抓住某種感覺的時候。

劇本中紀錄了拍攝現場的一切，光是翻開閱讀就能喚醒好多回憶。這場戲拍得好開心。休息空檔聊了哪些事情。這一段一直拍不好心情很差。挨罵了。超熱。好冷。許許多多甚至沒寫下來的事件與心情。

在《窈窕舞妓》拍攝期間，有一次把片場大門敞開，讓所有工作人員及演員辦了一場烤肉大會。那一次真是令人難忘。能看到平常只在拍攝時才會聚首的眾人在下戲後的模樣，這般經驗真是太珍貴。大夥兒喝醉之後放聲歡笑，我雖然喝著果汁也感染到這股氣氛，整個人暈陶陶到每一桌聊天，當然少不了大笑。

負責燈光的長田先生超好笑，經常在拍攝現場說些雙關語笑話，帶動氣氛。那天，長田先生喝得醉醺醺，口齒不清地對我說。

「妳呢，真的很努力。看著妳就讓我想到，我也要加油才行。妳真的很用功，很拚。」

聽到他這麼說，我好高興。那是我第一次主演的電影，而且是周防正行導演的作品，當時我光顧著一股腦栽進去，根本沒心情管其他人對我的表現有什麼看法。只是茫然心想，既然有人肯定我的努力，那就好了。

現在的自己呢？

比起當年更適應這份工作，的確開始有餘力顧慮周遭的反應。不過，最近似乎又有些過頭了，搞不好太在乎其他人的看法，而少了那股勇往直前的拚勁。或許，這就是近期覺得自己表現不太好的原因吧。

讀著周防導演充滿熱情的劇本，不知不覺竟落下眼淚。看看時鐘，已經過了午夜十二點，是新的一天了。瞥見日曆又嚇一跳，今天竟然是周防導演的生日！

青色

每次和萌音聊天，都會覺得在她溫柔穩重的外表下，有著堅定的內在。同樣屬於青色，卻也分成明亮溫柔的印象，或是更深邃的色彩，看著萌音展露的表情，會讓我有類似的感覺。

萌音那股療癒人心的氣場，就算透過電視也能感受得到。每次在螢幕上看到她，都不自覺感到很開心。想必她生活、工作都很忙碌，我仍然會默默為她加油。

服飾從業人員・S.N.

（曾任萌音愛牌服飾銷售主管）

雖然「青澀」的「青」常會用來形容一個人的不成熟，不過我覺得這輩子大概沒有比青色更適合我皮膚的顏色了。隨著年歲增加會改變色彩的濃淡，我期許自己成為這樣的人。

S小姐五年前為我選的那件青色洋裝，我至今仍珍惜著，不時拿出來穿。而且謝謝有她，讓我擁有這麼多美美的心愛服飾。

她對於服飾打從心底真誠熱愛，並且讓我知道即使身材嬌小也能享受時尚樂趣。好想念她唷～！

——萌音

翻閱

翻開書本的封面，會先看到寫著書名的頁面，這一頁特別稱為「扉頁」。這名字真是太美了，取得真棒。一打開門扉，就展開了一個新世界，立刻能踏入截然不同的空間。

我從小就好愛書，回想起來是受到小學圖書館老師的影響。那位本田老師，連姓氏都非常符合圖書館呢。老師和藹可親，永遠帶著溫柔的笑容，讓人聯想到書櫃的木質香氣。老師推薦我的書每一本都很棒，我也很喜歡聽著她柔聲朗讀給我們聽。其實每次我到圖書館借書，心裡想的是要去找老師。因為希望長大後能像老師一樣，我讀了好多書，不知不覺就變得這麼愛閱讀。

我的包包裡隨時都會放一本書，即使連看起來根本沒空閱讀的時候，書也不離身。外出旅行時更要帶個兩三本，如果是長期在外就要五本以上。要不然，我整個人都會感到坐立不安。

通常讀書時，我會變成急性子，太好奇接下來那句話要說什麼，想要迅速翻頁，於是左手的大拇指和食指始終放在頁面角落。努力讓自己想要不斷往左前進的目光穩定下來，拚命克制早已飛到下一段文字的心思，仔仔細細一行、一行，讀下去。這真是需要非常強大的耐力啊。

愈是喜歡一本書，愈是感受到這股心急如焚。翻到每一章的「章名頁」（也稱「中扉頁」）時，真想速速破頁推進。另一方面，卻也因為逐漸邁向終點而感到落寞。左手觸摸到剩下的書頁，隨著每一次翻頁而逐漸減少，真叫人不捨。想要繼續往前，但又不希望太快結束，真是左右為難。論世間，還有這麼可愛又可笑的折磨嗎？

我的夢想是希望有一天擁有一間書房。四面牆壁都是整片書櫃，還要有可移動的梯子。整個房間用喜愛的書，或是接下來將愛上的書所圍繞。這個房間不會禁止他人進入，每個人都能入內，找自己想讀的書。如果真心喜歡某本書，想要占為己有也無妨。哪天想讀了再加入就行。這間以自由主義為原則的書房，奉行的宗旨就是對書本「來者不拒，去者不追」。嗯，聽起來很棒吧！

全世界有數不清的書籍，就算用盡一生也沒辦法全數讀完，想到這裡就讓人不禁燃起一股壯闊的熱情。想選哪一本，全憑自己的喜好。這麼說來，與書本的相遇就類似人與人的邂逅。當對方知道許多我不熟悉的事情，他就成了我人生的前輩。既然這世上有那麼多有趣的前輩，翻閱書本頁面的手指也不會停歇。

喪失

過去我自認在語彙能力方面算是相對強的，而我也朝著增進語彙能力而努力。但是，就在那一夜，讓我喪失了信心。

那天我去聽了大橋三重唱的演唱會，他是一名我很喜歡的歌手。演場會的地點在NHK表演廳，先前延期的活動終於讓我等到了。過去我曾看過演唱會實況影片，卻從來沒在現場聽過，從幾個月之前就好期待這一天的到來。嚴格說起來，是從二〇二〇年七月二日起。那天我去錄製〈Little Brids〉這首歌，而這首歌的作曲人就是大橋先生，當天他就邀請我參加演唱會。

那場演唱會真的太棒了，精彩的音樂呈現無懈可擊。台上的每一位天才樂手都緊緊吸引了我的目光，帥氣得不像話，在舞台上的表現令人感動到幾乎想落淚。

好啦，問題來了。受邀欣賞表演之後，禮貌上必須要後台休息室去打個招呼，問候對方。要和前一刻才在台上接受眾人歡呼喝采的人，這下子面對面、一對一獨處，這件事無論經歷多少次我都很難適應，每次仍舊緊張得不得了。

不過，這幾年在COVID-19疫情的影響下，多半無法到後台休息室問候演出人員了。於是我心想，這次應該也見不著面了吧，這讓我有一半失望，卻也覺得鬆了一口氣。沒想到，這次居然開放了後台休息室！暌違已久加上我完全沒有心理準備之下，比平常更為緊張，心跳加速。

接著，終於等到歌手本人出現了！結果，我居然一句話也說不出來。似乎滿腦子情緒繞來繞去，卻找不到出口。「呃，那個，很開心。非常愉快。呃……」就這樣。面對大橋先生和藹可親的笑容，耐著性子等著我往下說，我也很努力想表達，但連自己都嚇了一跳。原來人可以忘詞忘到這種程度啊。

在回家的路上，經紀人忍不住大笑，「妳根本完全喪失語言能力了嘛！」稍微讀了點書就以為無往不利。看來，實用的語彙能力必須憑藉強大的意志力才能發揮呢。

1/100
T 2.0
4/10
800
ND 0.6
5600 K
+0.0 CC
A
A002 C002
0:18 h
10:08:36:05

拍照

我從以前就很怕拍照。能夠完全放空站在鏡頭前，大概只在六歲以前吧。在那之後，每次拍的照片看起來都掩不住一絲扭捏，即使不想顯露在表情上，終究無法欺騙情緒的記憶。

不喜歡拍照的我，卻挑了一份離不開拍照的工作，人生際遇真是奇妙。起初我還會找藉口，「一定只是因為經驗不足啦。」但過了十年仍然完全不適應，甚至有時候變得更膽小了。

只要鏡頭一對著我，一瞬間我就忘了該怎麼笑，連怎麼走路，怎麼轉頭都搞不清楚了。「咦？我平常都是怎麼動的？」舉手投足全都亂了調。

話說回來，老是這麼想就別工作了，因此，我也自己慢慢累積了一些緩和的方法。就算一開始面對鏡頭全身僵硬，只要學會短時間內融入其中的竅門就行了。如果也有面對鏡頭不知道該怎麼露出微笑的人，請參考以下的方法。

首先，做個深呼吸。通常在拍照時很容易憋住呼吸，但如果能保持舒服的狀況下呼吸，就能放鬆身心。能在按下快門的瞬間從鼻子緩緩呼氣，這就是最理想的時機……這段文字寫得頭頭是道，但其實我是現學現賣。我用了「拍照好看技巧」的關鍵字搜尋。我也很拚呢。

如果要說我自己鑽研出的方法，那就是與拍攝者對話吧。所謂對話，其實就是透過鏡頭和拍攝者四目相交。換句話說，照片就是拍下面對拍攝者時的表情。如果是讓人很緊張的對象，聊些沒什麼營養的話題可以讓彼此間的氣氛更融洽。事實上，很多專業攝影師都會在拍攝時一邊閒聊。試著面對那雙凝視觀景窗的眼睛微笑，感覺拍起來的效果會好一些。

今天我為了這本短篇集拍攝照片，攝影師是我最愛的山本步小姐。小步姐每次都告訴我，「妳就用出門散步的心情來拍照吧。」這句話總能安定我內心的不安，每次都不需要做任何準備。在小步姐的相機前，我可以自由呼吸，自在活動。追根究柢，凡事都憑藉著人與人內心的交流才有結果。這本短篇集裡拍攝到的模樣，就是小步姐鏡頭下最原始的我。

錯置

不知道為什麼，每次更換廁所的衛生紙時我老是弄不好。更換上新的一卷，輕輕撕掉最前端黏起來的部分，然後多半會跟我預料的方向相反。咦？好蠢好不甘心。

就算仔細觀察了前端黏著的部分之後，充滿自信決定好方向，裝上去之後還是反的，到底為什麼！既然每次都失敗，這次乾脆反過來，刻意和自己預設的反方向裝上去，不懂為什麼還是行不通。其實只要裝上去之前輕輕撕掉，確認方向就行，我卻覺得這樣像是作弊，勝之不武，莫名厭惡。

今天在拍攝現場的洗手間再次失敗。最近就算我不加思索就更換，一定也會變成反方向，到了這個境界連自己都覺得像是一種特殊技能了。我最擅長的就是把廁所衛生紙裝反！我不甘心。

對了，演員這一行說實在的真是奇妙，大家常說，任何經驗都會成為日後的動力。無論歡喜、悲傷、挫折、成功，就連日常生活的枝微末節，體會到的情緒絕對不會白費。所有感受都細細收藏在記憶中，總有一天會在激發演技上產生效用。

這麼說來，我對廁所衛生紙的這分執著，或許哪天也能運用在表演上。下回再次失敗時，我決定細細品味那股不耐煩又懊惱的情緒。

休假

聊天時破冰的經典句就是，「妳通常休假時都做些什麼？」我每次都隨口找個無關痛癢的回答，但這次我想寫下真實的自己。在此聲明一下，接下來記述的休假是沒有功課、截稿日或是該背臺詞的時候，也就是「完全放空耍廢」版本。

首先，睡到自然醒。不設鬧鐘，睡到再也睡不著為止。我曾在一篇報導中讀到，據說「睡眠債」其實並沒有科學根據，但即使科學上站不住腳，對我來說還是必要，這是爽度的問題。

接著睡眼惺忪做一餐飯，叫「早午餐」似乎有點晚，但說是「午餐」又不夠豐盛，然後在腦袋放空下吃掉。

繼續耍廢。癱在沙發上看錄下來的節目，隨興哼歌，躺在地板上讀書，要是膩了就睡午覺。咦！不是剛剛才睡醒？仔細想想自己也覺得哪裡怪怪。

就這樣，到了太陽下山。忽然驚覺軟爛過頭，該振奮一下。於是光是按下洗衣機開關就心滿意足，再次回到沙發上。一天就此告終。

有一次在拍攝現場準備時，造型師說：「通常最興奮的就是休假日的前一天晚上吧。」沒錯！正解！「明天要一早八點起床，到外面吃早餐，然後看電影、採購，繞去按摩，回家之後整理屋子再讀劇本，預計晚上十點上床睡覺！」規劃這些行程就是最開心的時刻。只不過，這些理想通常無法實現。所謂紙上談兵，畫過頭的超級大餅。

為了我的名聲著想，重申一次，這裡說的只限「完全放空耍廢版本」。偶爾也是有全部依照計畫進行的「優質女子版本」，請各位要牢牢記住。不過說來說去，這裡記下的行程卻是我心目中最理想的休假模式。

反正明天起又要加油嘛，放空耍廢錯了嗎！

融入

風和日麗的春日。終於，要迎接《Come Come Everybody》的正式開拍日。今天的天氣正符合「萬里晴空」的形容。這齣連續劇的其中一個關鍵詞就是「太陽」，看來是個好預兆。一早醒來神清氣爽，吃了頓豐富的早餐。想要一早就有好表現，就必須自己先享受美好的早晨時光。

一踏進安子居住的商店街布景，立刻有種時光倒流的感覺。瓦片屋頂的一整排平房，各式各樣的懷舊招牌，走在街道上的演員們，身上的裝扮有西式、有日式。處處都展現出時代之間的變化，既有深度又充滿品味。「嗯嗯，真是不錯。」我四處走動了好一會兒，頻頻低聲讚嘆。

話說回來，今天讓我再次深刻體會到，「我們果然是日本人吶！」因為一旦做了昭和初期的裝扮，馬上就能融入那個時代嘛。對照一下在資料照片中當時的情景，簡直一模一樣。雖然生活方式改變了不少，但別說人們的內心，就算是外表也幾乎沒什麼兩樣啊。一想到這裡，又感覺到生命綿延不斷的力量是如此可愛。

「Come Come」團隊正如其名，成員們似乎來者不拒，個性大方，充滿活力。明明才第一天開工（但或許是第一天才這樣），大家和我相處起來好像已經認識很久了。第一天拍攝結束後還集體熱烈鼓掌，「安子，第一天開拍辛苦啦～」我頭一次有這種經驗。照這個步調走下去，到了殺青時會變成什麼樣呢？跟這個劇組相處起來就是如此舒服自在，讓我明明才開工就擔心起最後捨不得結束的狀況。

有了讓人無比放心的劇組人員當靠山，我能夠抬頭挺胸穩健走過這段動盪的時代。今天就在保留這股新鮮感之下，細細反覆思索。有個美好的工作開端，相信今晚一定能睡得香甜。

觀賞

我是在讀了短篇小說《常設展示室》之後愛上了逛美術館。創作畫作的人，將作品展示於美術館的人，以及在美術館賞畫的人，人與人之間的緣分交織出的故事讓我深受感動。

今天，我和本書的作者原田舞葉老師一起到美術館。這次的行程不是因為工作，純粹私人活動。哇，怎麼有這麼棒的事！

我曾經在電視節目上說過很喜歡原田老師，據說她知道了這件事，後來還寫在《常設展示室》的書腰上，這就是我們結緣的開端。二〇一九年秋天，原田老師在京都清水寺策劃了一場藝術展，她還特地通知我，「有興趣的話請來參觀。」我毫不猶豫，隔天一早就搭上新幹線衝了。那次是我們第一次見面，相當難忘。

第一次見到原田老師的印象，覺得她實在太迷人了。態度謙和，全身上下散發出知性之美，落落大方。想到我熱愛的那些文句都是出自她的手筆，不由得感動了起來。同時，也能理解就是因為這樣的人才寫得出如此美妙的文句。我說到自己是受了原田老師的影響而愛上藝術，她很開心地說：「希望萌音能登高一呼，吸引年輕族群一起來美術館。」我在受寵若驚之餘，也心想要是能盡棉薄之力就太好了。後來，原田老師還跟我約好，「改天一起去逛美術館吧。」這讓我更是驚喜，如果能實現就更棒啦。

後來，我們有事沒事就聯絡一下，總算等到彼此的時間能配合，今天終於能達成心願。

我們走訪的是ARTIZON美術館「琳派與印象派」特展。這場劃時代的展覽，將日本與西洋藝術並陳，拆解兩者間可說必然也似偶然的關係。此行最奢華的就是身邊有原田老師為我講解。我竟然還能始終保持理性，真是忍不住想誇獎自己。站在俵屋宗達的「風神雷神圖屏風」前，這同時也是原田老師著作《風神雷神 Juppiter, Aeolus》創作靈感來源，感受著畫作的精湛美好，加上能和原田老師一起欣賞的喜悅，雙重震撼之下讓我好一會兒忘了呼吸。

這次學到了新的美術館參觀方式，相較以往又更上一層樓。除了認真面對每一件作品之外，原田老師也會欣賞整個空間。包括畫作的配置、展示室整體使用，她似乎在大致掌握穿梭在展間裡的主軸、節奏後，用心靈與之對話。這種在充滿知識與感性之下才能感受的觀賞方式，讓我嚮往不已。

原田老師對於「喜歡的事物」表達的情感非常真誠且熱切。我想，她一定始終保持這股熱情，才能不斷催生出精彩絕倫的好作品吧。之所以這麼想，是因為我看著她聊起那些藝術家時真情流露，彷彿像是自己的好友、恩師或戀人。

希望有一天能到原田老師居住的巴黎拜訪。說不定那一天會突然來臨，就像我之前跳上新幹線前往京都一樣。仔細耕耘心中的那畝田，讓它變得鬆軟，到時能感受吸收得更多。

排序

堅持苦戰了一個星期，加上最後結束前的快馬加鞭五小時，終於決定出專輯的歌曲排序！呼～在此謹向各方相關人士致歉，不好意思讓大家等候許久。我已經深切反省，太對不起各位了。

排定曲序這件事，每次真的都讓我傷透腦筋。不僅專輯，演唱會也是。仔細想想，就連我製作自己平常聽的歌單也是認真得不得了。

大致上來說，我會先決定一開始和最後的歌曲。因為我認為，用哪首曲子拉開序幕，甚至進一步說用哪個音符宣布開始，將會大大影響對於專輯或整場演唱會的印象。此外，想要讓眾人聽完之後留下什麼樣的心情，這一點也很重要。對了，很多人說我的聲音非常催眠，經常聽到我的最後一首歌會讓人睡著。

接下來就是中間的順序。這段作業就真的讓人苦惱！我個人很喜歡故事，忍不住會想要透過一張專輯來說一個故事。比方說，歡樂的開端，然後稍微走下坡最後振作，或是類似描述一個人的成長故事，還是要以早起到就寢的時序來安排呢？我會在多個大綱之下思考各種發展。

此外，還會思考是要讓歌曲前後呼應，或是來個一百八十度的曲風大轉變。從上一首歌結束的音符到接續下一首歌的前奏，這一點我也很堅持，所以會來回推敲最後十秒鐘到進入下一首歌的這一段過程。這麼一來，經常會在新的一首歌曲出現之後，又要回頭重新調整前面的歌曲。這種情況不斷出現。這段作業通常枯燥、樸實，卻非常開心。

因為深深了解決定歌曲排序背後的辛苦，我在聽專輯時說什麼都會依照曲序播放。邊聽邊想像著這位歌手是用什麼樣的心情排出這樣的曲序，時而沉吟，時而驚嘆。

講了這麼多，就是想讓大家了解排列曲序的樂趣。各位有機會也可以找張喜歡的專輯，自己試著安排曲序。只要一點小變化，就能改變整張專輯的印象，希望大家都能體會到宛如魔法的片刻。或許就連已經聽慣的歌曲，也會變得有新鮮感呢。

苦擾

坦白說，從事這份工作經常會被「言論」所擊倒，雖然有些人下筆的當下並沒有想太多。但多半都是不知道長相、姓名，連見都沒見過的陌生人。貶抑、嘲諷、過度解讀、探究隱私。當然，這只是其中一小部分，或許也有我反應過度的成分。然而，那些帶有負面能量的言論，在其他眾多善意言詞之中顯得特別刺眼閃爍。就好比身處在暗黑之中眼前突然亮起閃光燈，極度不舒服，直搗心臟的震撼，以及久久不會退去的惱人殘影。哪怕已經遭遇過再多次，每一回仍痛徹心扉。依舊令人想大哭一場，打從內心氣憤。說什麼「有名稅」這個詞真的絲毫沒有半點正當性。

每次我遇到所謂「名人」時都這麼想。這些人其實都是普通人。即使對方強大的氣場讓我感到目眩神迷，或是具有獨一無二的才華令我尊敬，但這個人和我一樣，會肚子餓會想睡覺會感到激動會覺得無聊。然後，再想像到這個人也和我一樣，會因為莫名無理的言論而受傷，悲憤的情緒就在我內心翻騰不止。

可能我不具備鋼鐵般的心志。即使我嘗試切割，把自己當作商品，那麼那些言論就成了商品的評價，然而仍舊無法一併斬除那股傷痛。看來只能試圖找出方法與它和平相處了。

我固然不喜歡受傷，但反過來看看還會受傷的自己也鬆了一口氣。這表示我還有痛覺，並未麻痺，稍稍放心。整個環境讓我愈來愈搞不懂了。

莫名其妙。真的是莫名其妙。

孕育

過去我曾想過，有機會想要好好扮演母親這個角色，沒想到在《Come Come Everybody》這齣戲裡讓我比想像中更早實現這個夢想。

今天第一次拍攝孕婦的鏡頭。雖然是服裝造型，但看到自己的腹部凸起，心中的激動超乎想像，真是不可思議的體驗。

雙手自然而然會貼著腹部，而且不知不覺會輕輕拍打或是撫摸。起身或坐下時變得特別謹慎，更別說要跑步。心情頓時平靜，講起話來語氣格外柔和，似乎這時無論有人說什麼我都能寬容接納。此外，因為腹部周圍變得厚實，體溫也隨之升高，讓我不禁有股錯覺，似乎這就是生命的溫度，好像肚子裡真的孕育著小寶寶。

以文字記述看起來脫離現實，但一點都不誇張。難道是我太單純了嗎？不過，我想一定有人也能產生共鳴。

話說回來，孕婦每天真的都好辛苦哦。今天不過拍攝一天，肩膀、腰部就感到僵硬疼痛，實際上在懷胎十個月之中，自己的體內還孕育著另一個生命呢！內心充滿的期待與不安，時時刻刻出現變化的身體狀況，以及伴隨而來的悸動、與時俱增的愛……無論我如何發揮想像力，總覺得沒辦法真正體會。

即使如此，我仍將想像力發揮到極致，嘗試當個母親。我想，總有一天這些景象都會實現，讓我能親自驗證吧。到時候回頭看看，現在的我究竟在滿分一百裡頭能拿到幾分呢？

每個人都是打娘胎出生。每個人都是和另一個人緊緊相繫的「生命」。必須更珍惜其他人，更愛自己。

突然沒來由地好想媽媽。

黑色

因為她可愛的外表下，卻帶著穩定、堅強的信念以及美麗的心，而且是無論添加多少顏色都不會受到影響的感覺。即使來到美髮沙龍這樣的地方，萌音依舊是萌音，和大家認識的她沒兩樣。能夠始終這樣表裡如一的人，就算在演藝圈之外也很罕見。而且我發現，萌音每次來到店裡都穿黑色的鞋子。

「明明是個大忙人，對自己的專業非常堅持，而且面對任何人都不忘露出親切的笑容，萌音的這一點讓我尊敬得不得了。我會在心裡為她加油！」

BUNTA

（美髮師・任職於萌音常去的美髮沙龍）

自從我知道法官的袍子之所以是黑色，代表的意義就是不帶任何色彩的絕對公正後，對黑色就有一種崇拜。如果能兼具可染上任何顏色的純白，與不受任何顏色影響的純黑，就太強啦。

我心目中的 BUNTA 恰巧就是這種人。他清楚保有自己的步調，又能配合他人。

至於我每次都穿黑色的鞋呢，是因為跟什麼顏色的衣服都很好搭配呀。……哇！這麼說來，黑色真的很無敵耶！

開始

每到年底在訪談中會特別容易遇到一個問題，那就是「明年想挑戰什麼呢？」這個問題真的很讓我傷腦筋。坦白說，現在想挑戰的事情愈來愈少了，再加上說起來我這個人愛穩定甚於挑戰，因此每次都答不上來。

不過，對方在忙碌的年底特地來採訪，總不好直接說「沒有」。每年我還是會認真想個答案。二〇二〇年我的回答是「漫畫」。其實沒什麼特別原因，只是突然想到而已。或許有人認為，漫畫算挑戰嗎？太軟柿子了吧？但對我來說真的是個大挑戰。

我長到這麼大幾乎沒看過漫畫，印象中只有央求父母過兩次。第一次是小學一年級時，在便利商店一翻閱就愛上的《人小鬼大》[1]。現在讀來還是覺得很有趣，我的笑點至少從六歲起就完全沒變。第二次是七歲那年得了流感，在病中吵著媽媽讓我看《Ciao》[2]。不過這是定期訂閱的雜誌，對已經連載到中間的故事我看得霧煞煞，後來就沒看完。

從此之後，不知為何我與漫畫漸行漸遠，直到現在。當然，如果演出由漫畫改編的作品我一定會讀過，除此之外幾乎沒碰。

既然已經撂下大話，把看漫畫當成新年的目標，就非達成不可了。

秉持這股氣勢，我開始慢慢接觸漫畫。我還真的從很低階的程度入門，像是「看不懂接下來要接到哪一格」，不過，這陣子這種狀況也愈來愈少了。講到這裡很慚愧的是，過去我以為漫畫要不是那種充滿狀聲詞的打鬥，就是全篇閃愛心甜蜜蜜的純情，完全沒想到漫畫的世界竟然如此寬廣。而我這個剛入門的小菜鳥，目前打算朝超自然的路線邁進。

我覺得購買漫畫時的另一項樂趣就是「沒辦法先偷看內容」。小說的話可以稍微翻閱一下，但漫畫多半封上膠膜，除了封面之外沒有任何提示。只能靠裝幀、書腰來想像內容來購買，實際上怎麼樣呢？開封時既期待又怕受傷害的刺激，令人難以抗拒。

於是，我開始看漫畫了。感覺可能會迷上唷。

＊譯註1：原書名《コボちゃん》，植田正志創作的四格漫畫作品。
＊譯註2：由小學館出版的少女漫畫雜誌。

料理

料理，是個名詞，也可以當作動詞。因為拍戲的關係有一段時間得在關西地區一個人住，加上長期無法外食的狀況，自己做菜的機會變多了，最近也讓我重新認識到料理的樂趣。

一走進廚房，食材就成了首要考量。設定了「要把這份肉和蔬菜以最佳狀態送入嘴裡」為主題，動員腦中為數不多的知識，外加上網搜尋，開始忙碌起來。這時候，腦袋裡容不下任何一絲雜念。有閒工夫反覆思量自己的煩惱，倒不如專心反覆燉煮眼前的肉醬，大概就是這種感覺。隨著將一切思緒從大腦排除，肚子也隨著變得空空，咕咕叫個不停。經常會這樣。

想想不久之前，我還很不喜歡清洗碗盤，但最近連這件事也樂在其中。看著髒汙洗淨感覺心情好好，將泡沫沖乾淨之後滑順的觸感也很舒服。其他像是當餐具整齊排放在瀝水籃裡，或是收放回餐具櫃時，就像拼圖，完成後神清氣爽。過去覺得痛苦萬分的這一連串作業，現在竟然讓人感到好幸福。這就是所謂的成長吧。

料理時我的自言自語變多了，還會哼歌，一回過神發現，「我還滿樂在其中的嘛。」雖然廚藝沒有精湛到能招待其他人，在廚房裡笨手笨腳，看起來也不是特別厲害，卻覺得做菜時心情愉快的自己真不錯。

今晚做的是紙包烤鮭魚配豐富蔬菜。我一整天滿心期待這道菜，加上當天拍戲非常努力，三兩下就吃得盤底朝天，忍不住稱讚自己，「我真厲害！我好棒！」明天我打算帶昨天的燉湯和簡單的涼拌沙拉到拍片現場。這還是我第一次帶自己做的便當到工作現場呢。加上健康的菜色搭配，大大提升優質好女人的形象。不賴！

平常很難提升的自我肯定，只要在廚房握著菜刀就能稍微有起色，似乎不只為身體，也為心理帶來營養。在持續自己下廚的那段時間裡，好像能更清楚檢視自己。

愛上「料理」的我，明天也持續「料理」，為自己做的「料理」，享受「料理」之樂。名詞又可當動詞大概就是這樣變化吧。

跑步

我在老家發現當年從墨西哥回國時班上同學給我的留言，一時好懷念。讀了之後覺得好好玩，挑出幾則給大家看看。

「萌音跑步好快哦！謝謝妳。」

「妳跑得很快，還在壘球隊表現得超厲害。」

「回日本之後也要繼續開心跑步哦！」

那群男生的留言就像事先講好的一樣，大家說來說去都是「跑步」。我試著回想，應該還有其他可講的吧。吵架之後跑給同學追、彼此追逐、踢足球或打籃球時互相爭球……嗯嗯，原來如此，回憶中多半都是跑來跑去的畫面。也難怪同學有這些留言。

至於「在壘球隊表現得超厲害」，具體來說就是在距離不太遠的揮棒後以迅速跑壘回到本壘得分，或是看似魯莽的盜壘成功了，大概是這樣。

我從小動作就很敏捷。運動會的賽跑我通常是搶第一名的，如果運動會剛好遇到有工作時，我還會特地為了紅白隊接力賽跑到學校參賽。這部分完全遺傳自爸爸。

從年輕時就練田徑的爸爸，現在小腿的肌肉還是維持得很好。過去在運動會之前，我們一定會到附近的公園練習，爸爸還會幫我修正跑步的姿勢。直到現在，我每次回老家，父女倆就會到公園，每次固定的行程是簡單慢跑之後來個幾次衝刺。

在爸爸身邊跑步時，身心自然調整到最佳狀態。爸爸告訴我，不用勉強，依照自己的節奏邁開腳步就行了。挺直背脊，保持深呼吸，落地盡量輕巧不要發出太大腳步聲，前進的同時眼睛盯著稍微前方的地面。把這些該注意的重點寫下來之後，發現正確的跑步方式就和保持健康的原則差不多呢。

M2 土砂降り
MC
M3 あくび
M4 スターチス
M5 Little Birds
映像 & 衣装チェンジ
M6 From The Seeds
M7 永遠はきらい
M8 ルージュの伝言
MC
M9 異邦人
一言MC
M10 ハッピーエンド
M11 ストーリーボード
サブステージへ
MC
M12 夜明けをくちずさめたら
MC
EC1 HAPPY
一言MC
EC2 一緒

應對

家裡的印表機有點狀況，只好在深夜到便利商店。聽說現在有「網路印表機」這種東西，真是愈來愈方便了。聽妹妹講解一下用法後，我便出門。

到了離家最近的便利商店我立刻嘗試，卻一直搞不定。不但沒看到妹妹說的那個按鍵，手機也沒反應。奮鬥了好一會兒，我決定放棄，去問店員。

體格壯碩的外籍店員轉過頭來，有點緊張反問我：「網路印表機？」我想到之前看到某個電視節目裡介紹，現在的便利商店業務包括配送收取貨、支付等繁多項目，對外國人來說是難度非常高的工作。我邊發問時邊想，三更半夜還讓人家這麼緊張，真是不好意思。店員先生非常和善，到後來還拿出自己的手機說明用法。我們倆盯著手機畫面思索半天，看來好像是我根本下載到錯的APP。謎底揭曉之後，他咧嘴笑了還露出潔白的牙齒。那副表情真是迷人，讓我也不自覺笑著向他道謝。

多虧有他的幫忙，總算順利列印，鬆了一口氣。我把紙張拿給站在收銀臺後方作業的店員看，告訴他「印好了！」他一聽又露出開心的微笑，「太好了。」讓我感覺心頭暖暖的。

即使每個人的狀況不同，但要以非母語來工作想必很辛苦吧。光是前往語言不通的國家就令人忐忑不安，況且還要在當地工作呢！更別說有這麼多複雜的業務。就連身為日本人的我，站在收銀臺後感覺都會手忙腳亂。對於那位態度和善，耐著性子親切應對的店員，我愈來愈尊敬他了。下次去店裡不知道還會不會遇到他？希望他一切都好。

關西腔

我好喜歡大阪的計程車運將大叔。每次抵達新大阪車站後，首先讓我感受到大阪氣息的，就是鑽進計程車的那一刻。「嗨，妳好啊。要去哪裡？」聽到這輕快豪邁的語氣，瞬間就有「來到這裡啦！」的感覺。

「我開一點窗戶唷，要是冷就跟我說。欸不過說了我也不能怎麼樣啦嘿嘿。」

就是這樣！太讚了！每句話聽起來都好俏皮。整個城市充滿了這種類型的人，生龍活虎的，感覺連氣溫都比在東京高了一點。

話說回來，大阪的計程車運將大叔也形形色色。有的人會自顧自地講個不停，也有人很愛聊天，還有談話內容百無禁忌的，或是貌似寡言卻不經意很有哏的冷面笑匠型。

感覺大家都很喜歡這份工作呢。當然，運將也有百百種，只覺得似乎多半對於自己的工作都樂在其中。

今天下車時，運將大叔的一句話讓我好心動。

「東西別忘溜～」

聽起來真是太有個性了！關西腔似乎有一種將人拉近的魔力。這種親切感我真是難以抗拒，因此，明知道自己講起來很彆腳，仍動不動就想用一下我的偽關西腔。

觸摸

手掌，有時候比藥物還厲害。

連續幾天胃不舒服時，尤其晚上睡前更是難受，自己的一雙手能幫上大忙。輕輕撫摸著腹部，會發現連止痛藥都很難緩解的疼痛竟然消退了幾分。感受到自己的體溫時鬆了口氣，觸碰到東西的感受讓人踏實。漸漸要進入夢鄉後，手的動作也緩下來，又感到疼痛了。一驚之下趕緊繼續撫摸。就在這樣反覆之間，不知不覺睡著了。

在半夢半醒之間想起一段回憶。唸幼稚園的時候，我在祖母家裡。每天睡覺祖母都會拍拍我的肚子。我想起了那股觸感。每次要是祖母先睡著，年幼不知天高地厚的我還會耍賴把祖母搖醒，「奶奶～」祖母沒有一絲不悅，醒來還對我說「唉唷對不起啦。」想起奶奶的慈祥，我的眼淚差點掉下來。四四方方、睡起來有點硬的枕頭。剛洗好鬆軟軟的毛毯。認真勤奮的奶奶，那雙消瘦溫暖的手。除了「幸福」之外，我想不到其他形容此情此境的詞彙。

曾聽過傳說有人光是把手放在患部上方就能治傷或治病，我猜想，那也許是真的。坦白說，「手掌的力量」或是「上帝之手」這些說法聽起來總有哪裡怪怪的，但我也無法斷然百分之百否定。因為，手掌似乎具備一股特別的力量。

看到失魂落魄的人，很自然想伸手拍拍他，和心愛的人也忍不住想和對方牽手吧。開心時的互相擊掌，不安時將手掌貼在胸前，這些情緒都能用手掌來表達。

這麼做一定會發出某種頻率吧。思索的同時，我在雙手塗上厚厚一層護手霜，窗外是安詳的春日夕陽西下時分。啊，胃沒那麼不舒服了，請各位放心。

受到稱讚

將第一批寫好的四篇散文一起交稿。呼。到現在心臟還跳得好快。每次交出稿子或歌詞時，心情都是既期待又怕受傷害。好像讓人窺探自己的內心，也類似遞情書的感覺。雖然我沒遞過情書給別人，但我猜恐怕就是這樣的心情吧。

反覆讀了好多次，放一個晚上之後再讀一次，針對細節的語感和助詞改了又改，終於捨得按下傳送鍵。到最後根本是閉上眼睛，「去吧！」一再重複有點瑣碎，但我真的猜想遞情書也會有這種感覺。

幾個鐘頭後，收到了責編S小姐的感想。她竟然大大稱讚。好開心！我決定一鼓作氣乘勝追擊，捲起袖子又寫了兩篇。效率連我自己都嚇了一大跳。

埋頭書寫到一個段落後，我猛然抬起頭。等等！這該不是責編預料的狀況吧？受到稱讚之下整個人正能量爆表，然後趁勢繼續認真書寫，我根本就被編輯操縱在股掌之上吧？我開玩笑的啦，不過還是有兩成真心如此認為。

當然，我知道編輯說的都是真心話，但每次我接受讚美就會開啟這一套思考迴路。

一受到讚美就開心得不得了，一時覺得自己無所不能。但過了一會兒，就像能量飲料效果減退一樣，猛然回神。開始懷疑起來，咦？這該不是對方為了鼓勵我才這麼說的吧？這時候可不能得意忘形啊。

如何接受讚美，真的是一門艱難的大學問。太過謙虛會覺得失禮，但全盤照收又會變得太過自信吧？自信是必要的，但過分自信就危險啦。

我認為最理想的狀況，就是面對對方的好意感恩接受，然後小心翼翼珍藏在房間的櫃子裡。遇到需要的時候，拿出當下需要的言語，輕輕放在內心的口袋裡，這樣就好。因為如果全部都要隨身攜帶，那麼就會看不到腳邊了。

S責編的感想真的很鼓舞人心，我要把它好好收進口袋裡。之後寫作時萬一遇到了瓶頸，到時我再拿出來重溫。

扮演

今天起有三天連假！好久沒有一次休息這麼多天。心想好歹今天一天把工作拋諸腦後，換個心情吧，於是乾脆把《Come Come Everybody》的劇本收進衣櫥裡。

首先，把洗好的衣物摺一摺。鬆軟的毛巾摸起來好舒服。啊，真希望安子也能摸到這麼鬆軟舒適的毛巾。如果能用這條毛巾包裹小寶寶，小寶寶會露出什麼樣的表情呢？說到用毛巾包裹寶寶的那場戲，嗯……一回過神來，我已經從衣櫥裡拿出剛收好的劇本，還讀了起來。

這才發現，我真的太愛這份工作了。差不多就跟喜歡放假一樣，想要站上攝影第一線的心情與休息同樣強烈。在拍攝期間，無論做什麼事情都免不了聯想到作品，想和飾演的角色共同分享每一刻。這和一般人講的「入戲」大概不太一樣。很難解釋清楚是什麼樣的感覺，但就像角色成為自己另一個分身吧。

時間過得真快，一轉眼我從事這份工作也十年了。這段時間接觸了許多的作品、角色、言語，將這些納入身體的一部分再產出，一步一步邁進。

最初的第一步是大河劇《江～戰國三公主》。那是我最戰戰兢兢的時期吧。對這個領域一無所知，凡事都很害怕，看到拍攝現場的布景如此精湛、壯觀，身上穿戴的假髮、和服全那麼美，身邊的人群都是之前隔著電視螢幕才看得到的，這一切讓我充滿驚奇與興奮。身處這個環境，感受當下的氣氛，單純唸出拿到的臺詞。現在回顧起來，感覺有點羨慕。這些年來經歷了許許多多，想要「什麼都不想，只是身處現場」，變成一件難度超高的事情。

話說回來，演戲這回事真的太奇妙了。在眾目睽睽之下，時而哭時而笑，時而發怒，一下子愛得死去活來，下一刻恨到入髓入骨。這些照理說極為私密的個人感受，卻全被記錄下來、記憶下來。怎麼說呢？總之就是不正常。時至今日，經常一下子回過神來仍覺得有股說不出的難為情。不過，這股羞赧對於演戲不見得都是阻礙，我倒認為千萬不能忘掉這股感覺。這是身為一個人該有的羞恥心。

另一方面，我也覺得再也沒有比這更有意思的工作了。在自己絕無僅有的人生裡，能夠不斷轉換體驗其他人的人生。不但姓名，就連個性、人生哲學也截然不同。將自己人生的時間託付在角色上，肩負起這個角色的人生，盡力去活。下戲之後多少會受到角色的影響，因此，在我的內心有過去接觸過的各個角色的多少片段。換句話說，我擁抱著這麼多人的人生繼續邁進。

演戲沒有正確答案，真的很難，而且沒完沒了。傷腦筋的地方固然很多，但一旦體會過這種無可取代的樂趣後，就無法抗拒這份耗費心神的工作。持續鑽研、樂此不疲的每一天，讓我感覺無與倫比的幸福。

攝影

媽媽經常這樣說，「以後如果妳先生說想要一臺好相機，記得要馬上買給他！」她還說，「還好當年一想到就買了，家裡才會有那麼多妳們小時候的照片。」

的確，家裡有很多我們小時候的照片，而且都拍得很棒。爸爸喜歡相機，而且拍得很勤。嗯嗯，我可以體會他的心情。不是我自己在講，小時候我跟妹妹真的都長得超可愛。我自認那時候應該算是自己的人生巔峰時期，當爸爸的當然會想要有臺相機嘍。

好啦，暫且別說笑了。我非常喜歡全家人一起翻閱相簿的時光。每次看著照片，爸媽就會很懷念地聊起我們小時候的日常，或是珍貴的經驗。像是「當時真的好冷！」或是「後來還跌倒了大哭一場」等等。明明是平面靜止的影像，感覺好像能藉此看透到更深處的一切。原來，拍照似乎能夠將時間、空間以立體的方式保存下來啊。

至於我呢，我沒那麼經常拍照，應該說算是不太拍照的。尤其我很少用手機拍照。我習慣在工作或和他人相處時盡量不使用手機，手機裡的相簿也很少更新，裡頭多半都是電車的轉乘資訊或是想去的店家資料截圖。

話說回來，我仍然會遇到不少想保留下來的瞬間，這種時候我會用底片相機或是拋棄式相機。我的第一臺底片相機是爺爺給我的舊相機。還記得那股粗獷平淡的質感，令人感到安心平靜。和手機相較之下雖然要花比較多工夫，也因為這樣更能感受到「一張照片的價值」。這純粹是我個人的感覺，但拿著手機不斷拍照，似乎這些捕捉到的影像沒什麼留存的價值了。要思考構圖、抓對時機之下，慎重地按下快門，然後期待著會沖洗出什麼樣的影像。這種和時下輕鬆速食文化背道而馳的感覺，似乎才符合我叛逆的個性。

嘴上這麼說，但或許等我養了寵物，或是有了自己的孩子之後，同樣會抓起手機就拚命不斷拍照吧。當然也毫不猶豫想買臺高級的相機。想要捕捉那些可愛的瞬間時，想必沒時間慢慢捲底片。

無論如何，對於那些想留下瞬間的心情，我能充分體會並且十分尊重。此外，能將這些記憶放在口袋裡隨身攜帶，這真是個美好的時代啊。這麼說來，我手機裡的那些截圖不也是很珍貴的記憶嗎！或許，我手機中的相簿也比想像中來得更有價值呢。

結束

即使經歷了很多次，但到了殺青或千秋樂*的當天仍舊著實不捨。雖說「有始有終」，但有時我甚至心想，「沒有開始也無所謂，總之我就是不想結束」。但這是不可能的。每一部作品，最後終究要結束。

為什麼捨不得？因為原班人馬再也無法齊聚一堂了。就算這部作品有機會拍攝續集或是重新上演，要再次集結完全一模一樣的演員、工作人員，也幾近不可能。

光是這樣已讓人傷感，沒多久更有後續助長這股情緒的作業展開，那就是拆除布景。將先前使用的布景一一破壞拆除。如果是舞臺劇的話，這項作業會更快展開。演出結束後，大家互道辛苦了，擦著離情依依的眼淚回到休息室之後，看到拍攝舞臺的螢幕時萬分錯愕。畫面上數不清的工作人員，頭戴著安全帽，雙手沒有停過。眼看著剛剛還使用的布景，怎麼沒多久就被完全移平，不留痕跡了？「不用急成這樣吧……讓大家多回味一下……也好嘛……」心裡雖然這麼想，但時間是不等人的。為了下一齣準備上場的作品，得趕緊清空劇場才行。此外，演員也得盡快撤出這陣子已經待習慣的休息室。剛才的淚眼婆娑頓時一百八十度大轉變，切換心情後忙著整理收拾，若是站在客觀角度看待這幅情境，還真是超現實。

此外，「最後一天」還有個極度緊張的時刻，那就是「最後的幾句話」。無論是拍電影、拍電視劇或是演出舞臺劇，都會要求大家說幾句話。不但是在所有演員工作人員面前，而且是在瀰漫著感性的氣氛中。

坦白說，通常最後一天要講的那些話我會從三天前就開始想。面對一群這麼喜歡的人最後一次傳達內心的情感，根本不可能用短短幾秒鐘就交代完。我會回顧從答應演出的那一天直到當下的種種，細細考量該說什麼才好。在腦袋裡不斷尋思，希望別遺漏了什麼，千萬別讓自己後悔。

然而，當那一刻到來時，事先準備好的話根本說不出口，只有流不停的眼

＊譯註：指連日演出的最後一場。

淚。一邊想著，應該可以把內心話表達得更好呀，結果只讓眼淚更加潰堤。雖然感覺很不爭氣，我對這樣的自己一點都不討厭。我很單純認為，之所以會有這麼激動的情緒，代表自己在這段時間非常努力。

捧著一大束花回家的那個晚上，真的好睏。似乎緊張、壓力、疲勞、糾葛等等感覺全都化為睡意，朝我襲來。整個人陷進被窩裡，意識愈來愈模糊，連夢都沒有，直到深處沉沉睡去。隔天早上醒來，神清氣爽。這時，我能夠微笑以對，因為包含那份不捨在內，昨晚實在太美好。

然後，我繼續往前走。克服對於每個結束的不捨，一步一步，向前邁進。

墨綠色

要用單一顏色來形容萌音並不容易，但我印象中她大概就像尤加利葉那種帶點銀色的綠吧。能夠撫慰人心，很柔和的顏色，有時候因為角度不同，看起來像是淺綠色，或是覆蓋著一層雪的綠。墨綠色非常自然，可以融入任何空間，我覺得這就是代表萌音的顏色。

只要和萌音共事，自然而然就會想要更努力，從她身上獲得一股力量！希望萌音未來仍以健康優先，積極邁進時不忘多保重自己！謝謝有妳！

嶋岡隆、北村梓

（造型師・負責打理萌音 MV 攝影及電視節目演出的服裝）

這兩位，真不是蓋的……。我直到近期才承認自己非常喜歡綠色。其中又以稍微深沉一點的色系，也就是墨綠色最深得我心。

上次我試穿幾件看了喜歡的衣服，店員說，「您很喜歡綠色耶。」那時我才發現。原來，我有很多衣服，加上身上穿的，就連手上的手機殼，全都是墨綠色。

我覺得嶋岡先生是柔和的灰色，北村小姐則是栗子色。兩人除了有引以為傲的默契，還有異於常人的穩重發揮，堪稱最強的雙人組合！

——萌音

短篇小說

〈解脫〉

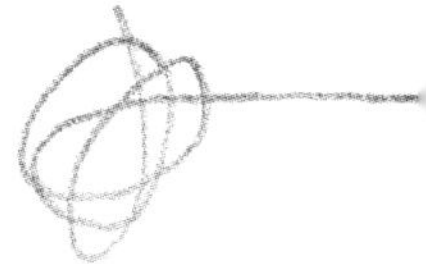

1

搞什麼。眼淚停不下來。

午休時間，一如往常和一群好朋友圍坐在桌前吃便當時，其中一人突發奇想。

「要不要來比賽？看誰能最快哭出來。我昨天在電視節目上看到的。」

大夥兒聽了覺得很好玩，興致勃勃，每個人都想試試看。

「預備，開始！」

一試之下，沒想到大家都很會哭。「我想起電視劇的最後一集大結局。」「我在腦袋裡播放每聽必哭的歌。」接著，大家各自發表引爆淚腺的關鍵。唯有我，直到最後都哭不出來。

當下沒想太多，但一個人走在回家的路上時，突然開始尋思。這麼說來，我上次哭是什麼時候啊？經常聽到別人說我是「冷靜理性的人」，我的確不太把情緒寫在臉上。就連在中學時的畢業典禮上，大家哭成一團，我卻還笑著輕撫淚人兒朋友的肩膀。

難道，我根本沒有「心」嗎？

想到這裡，突然有股衝動，說什麼都要想辦法哭一下，我想要證明，我的身體也是具備流淚的功能好嗎！於是，展開了一個人的比賽，看看多久能哭出來。

我開始想像各種悲慘的情境。像是萬一失去家人、面對醫生說我來日無多、男友和我分手、大學考試落榜……雖然確實有點想哭的心情，眼淚卻擠不出來。

這下子乾脆換個策略，祭出讓眼睛變乾的招數。總之，為了流眼淚我不擇手段。我走在路上，眼睛睜得大大的，讓眼球直吹風，眼眶裡慢慢泛起淚水。就是現在！我用力閉起眼睛，總算有一滴期待已久的淚水從右眼滑落到臉頰。太好了！終於哭出來！

但接下來問題來了。眼淚，這下子竟然止不住。

不知怎麼的，只有右眼的淚水流個不停。閉上眼睛幾秒鐘，仍然停不下來。不覺得難過，一點也不想哭，但宛如機械般源源不斷湧出的液體，似乎已經不是眼淚，只是單純的水。我快步走回家。莫名其妙，我不想這樣啊。

回到家。我站在洗手間看著鏡子，眼

淚，啊，不！是水還在流。我連燈也沒開，一個人在黑漆漆的家裡不知所措。先用熱毛巾熱敷，再包著保冷劑冰敷，或嘗試點眼藥水，做了這麼多卻毫不見效。看到冰箱上有塊水電行的廣告磁鐵，上面寫著「專治水患」，害我差點想直接打電話求救。

這時，眼角餘光瞄到電視櫃下方，有一排DVD，內容是爸爸最喜歡的搞笑藝人「三明治人」*的演出實況。對了！說不定看個什麼歡樂的節目可以讓眼淚停下來。

我連制服都來不及脫，趕緊播放。伊達！富澤！不管誰都好，讓我別再流眼淚啦！

這還是我頭一次這麼認真觀賞，搞笑段子的確很有趣，明明現在這麼慘，我還是忍不住放聲大笑。然而，淚水還是沒停。漸漸地，我笑也笑不出來了。萬一往後一輩子眼淚流不停該怎麼辦？萬一右眼持續不斷出水，這人生要怎麼過？畫面中，搞笑二人組默契十足的演出引得觀眾大笑，而我在電視前抱著腿，莫名其妙流淚，束手無策。這時，玄關傳來鑰匙開門的聲音。

「我回來了。」

是媽媽回到家。

＊譯註：日本搞笑二人組，由伊達幹生與富澤岳史組成。

2

搞什麼，嘴角垂不下來。

午休時間，一如往常和一群同事去吃

飯。這段時間正值公司繁忙期，大家開口閉口都是抱怨。講到公司制度、夫妻關係，一群人滿肚子感嘆。

我在一旁左耳進、右耳出，默默動著筷子。偶爾點點頭，或是扯一下嘴角微笑，不置可否。雖然真心覺得，「至少在休息時間能暫時忘掉工作，聊些有趣的話題啊。」但在這股低迷的氣氛中，這些話我可說不出口。

平常個性嚴謹且話不多的課長，這時換了個話題，聊到新進員工因為失誤手忙腳亂的模樣。其中一人重現了當時可笑的情景，大夥兒頓時爆笑不斷。呃，老實說，一點都不好笑。嘲笑人家那副慌亂無措的樣子，就算再怎麼為了紓壓也太沒品了吧。腦子裡雖然這麼想，但察覺到周圍的氣氛，我仍然勉強揚起嘴角。同時，面對連真心話都沒勇氣說出口的自己，我實在感到無比厭惡。

吃完飯，一群人各自解散，我到洗手間刷牙。這時，看到鏡子裡的自己我嚇了一大跳。左半邊嘴角很不自然地往上吊。一張臉就像個打著壞主意的頑皮鬼，表情扭曲。努力試圖恢復正常表情，臉部肌肉卻不聽使喚。下午還有工作耶，該怎麼辦！我連忙從包包裡拿出口罩戴上。結果，那天無論是對著電腦螢幕敲鍵盤，或是遭到主管指責而低頭道歉時，我都在口罩下帶著微笑。

在回家的電車上我尋思著，從以前別人就常稱讚我很有親和力，比方說「妳真的很厲害耶，隨時都笑咪咪。」長大成人，隨著年紀增長，我學會了皮笑肉不笑。即使有什麼不順心，總之仍然盡量保持笑容。還曾經有同事說，「主任妳這輩子生氣過嗎？我看妳總是笑口常開，好像都沒有負面情緒。」「有啦，我當然也有負面情緒呀。」在回應的同時，我仍舊面帶笑容。

我隔著口罩，摸摸左側嘴角。萬一恢復不了，一輩子就這樣不受控制只有左半邊臉露出笑容怎麼辦？究竟該如何是好？

不知道晚上睡一覺會不會恢復？要是熱敷、冷敷都沒用的話，是不是明天該請個假到醫院看看？可是，這要去哪裡看啊？外科？身心科？想著想著，已經回到家裡的玄關。稍微調整一下呼吸，開了門打聲招呼後，「回來啦？」傳來女兒的回應。

3

「哦？妳先到家啦？」

媽媽拿下口罩，走進客廳。

「嗯。回來一會兒了。」

我在昏暗的屋子裡，雙手仍抱著腿。

「怎麼？在看ＤＶＤ啊？怎麼不開燈呢？」

媽媽說完，盯著我的眼睛，大吃一驚。而我看到她的嘴角，忍不住皺起眉頭。然後兩人同時大喊。

「怎麼搞的？」

頓時陷入沉默。一個是半邊淚眼，一個是半邊笑臉。莫名其妙的兩人當場愣住，直盯著對方。不一會兒，彼此似乎都很奇妙地知道發生在對方身上的狀況。什麼也不必說，什麼也不必問。

媽媽緩緩伸出手，輕輕擦去我右邊臉頰上的水滴。好久沒感受到，媽媽掌心的溫暖。

不一會兒，原本從右眼不斷溢出的液體倏地停止，反倒是左眼多了道淚痕，一滴眼淚應聲落下。媽媽看著我，先是愣了一下，然後兩邊嘴角上揚，露出放心的微笑。

「啊！」我們倆同時驚呼。而且在此刻發現了自己沒有任何虛假、百分之百的真感情。面對不需要任何言語的母女默契，我覺得好高興，心裡有點激動。

就在這時，玄關大門猛地敞開。只見哥哥慌慌張張衝進來，進門後連一句招呼也不打。

「搞什麼啊。午休時間跟朋友比賽模仿醉鬼，哪曉得鬧一鬧之後打嗝打不停。」

沒想到，一直開著的電視螢幕中傳來富澤粗獷的嗓音。

『誰知道你在鬼扯什麼！』

「哇呀！嚇死人！咦？等一下！停了！沒繼續打嗝了！」哥哥說。隨即又聽到電視裡伊達大喊：『是怎樣！你給我差不多一點！』臺下觀眾一片歡樂，掌聲不斷。

我和媽媽目睹這一連串的奇蹟後，相視一眼，然後同時大爆笑。接下來好一會兒，我們像是情緒獲得大解放，持續笑到流眼淚。

（完）

わたしがいた風景

鹿兒島小旅行

我回到鹿兒島了。這次很難得剛好遇到妹妹也休假，兩人結伴返鄉。有多久沒像這樣，兩個人一起搭飛機了呢？剛踏入演藝圈時，我們經常一起搭機往返鹿兒島到東京。一晃眼已經十年過去，真教人感慨萬千。

班機到站，一走進機場，聽到來往人群的鹿兒島口音讓我忍不住笑了，在心裡默默說聲，「我回來了！」雖然在東京也有個家，但真正讓我有回家感覺的地方，只有這裡。前往東京發展已經八年了，但看來我似乎還沒熟悉真正的「離鄉背井」。

這次安排的兩天小旅行，其實行程就和平常返鄉差不多。走訪那些我曾熟悉、有著滿滿回憶的地點，比平常更細細品味那些過往及未來的「心情點滴」。邀請各位與我同行。

警告 WARNING

這裡是與次郎海濱。兩側有整排的椰子樹，一眼望去是壯麗的櫻島。對了，鹿兒島機場附近也有很多椰子樹。竟然長到這麼大才發現，鹿兒島果然是南方島嶼啊。這裡的時間似乎也流動得特別緩慢。

二〇一〇年，「東寶灰姑娘」甄選會就在這附近的電影院舉辦第一次審查。努力找出一套最稱頭的衣服穿上之後，坐上爸爸開的車進入會場。我還記得，一下車看到其他同樣準備前往審查會的女孩子，那副沉穩大方的模樣，頓時已心生畏怯。

審查會主要是在影廳裡進行簡短問答。過程非常迅速，就在我還來不及反應過來時，審查已經結束。我和妹妹沿著原路返回時，一邊聊著，「審查委員很風趣耶。」「來參加的人都長得好可愛哦。」當時，我們倆壓根都沒察覺，這裡竟然就是開啟一段全新旅程的地方。

我最喜歡奶奶做的咖哩和炸雞塊了，每次去他們家都會纏著奶奶做給我吃。看著我們邊吃邊讚不絕口，奶奶一臉不可思議說道，「妳們在東京有更多好吃的東西吧？」話雖如此，但全世界都找不到這麼溫暖體貼的口味。

和個性害羞且穩重的爺爺奶奶相處時，感覺時間過得緩慢悠閒。大夥兒圍坐在暖被桌前啜口茶，聽著時鐘的滴答聲。

平常話不多的爺爺，沉思斟酌了一會兒對我說：「記得要珍惜身邊的人，保持笑口常開。」看他說這番話時還露出無比認真的目光，奶奶都忍不住笑了出來。

離開時，看到他們不斷揮手直到車子轉彎，駛離視野，我想起爺爺奶奶說了，「真期待看到曾孫出世。」看來，為了二老我得趕快遇到理想對象。

萌ちゃんの成人式
H30.1.3

爺爺奶奶那股源源不斷的活力，總是讓我感到不可思議。無論何時總是一絲不苟的奶奶，配上永遠我行我素的爺爺。每次返鄉，我們都會到附近的迴轉壽司餐廳用餐，這已經成了一項固定活動。二老總是大快朵頤，盡情談笑。

每次到爺爺奶奶家裡玩，他們會不停端出點心、飲料，直到我們大喊「太飽啦！」才罷休。我想，努力讓大家開心就是奶奶的動力吧。而多半在一旁靜靜觀察的爺爺，一開口常是令人想像不到的風趣。爺爺奶奶這一對實在是完美互補。

他們說我是乖孩子，因為常打電話問候。這才想到，有一陣子沒聽到他們的聲音了。等這篇稿子寫完，就來打通電話吧。

籌備散文集的工作人員從東京前往爺爺奶奶家採訪，讓我發現那個家就跟我小時候的記憶中沒兩樣，一點都沒變。

以前真的很常來這個公園，不管是學校的活動，或是跟朋友在這裡殺時間，另外也有很多和家人的回憶。全家人在星期日會在附近麵包店買了好吃的早餐到公園裡，大夥兒坐在長椅上吃完後，各自依照喜好散步或跑步，等到時間差不多就再次集合，一起回家。我好喜歡這段悠閒踏實的時光。

這次是頭一次因為工作的關係走訪這處公園。覺得哪裡不太對勁，有點心浮氣躁，於是我邊走邊打視訊電話給一個老朋友。離開鹿兒島到外地工作的她，好像正好和男友外出旅遊。雖然覺得打擾她寶貴時間有點過意不去，但對方也很開心和我一起回顧往事，一不小心就講了好久。

在充滿回憶的地點，能和一起分享的人同遊固然很棒，但像今天這樣獨自前往，放任想像奔馳也不錯。

「通學路」，聽起來很厲害的感覺。這是為了保障學童上學放學交通安全規劃的路線，不管下雨或降下火山灰，學生們每天都穿著同樣的制服快步經過的通道。

前面提到的那位老朋友，我們是在唸中學時突然變得感情很要好，而且盡可能每天一起上學、放學。

她真的很有趣。比方說，她居然會記得這一帶市營公車所有駕駛的名字跟行駛特徵。然後她會把這麼古怪的內容用始終維持一致的語調滔滔不絕講述，每次和她一起放學回家總是笑聲不斷。好幾次甚至捧腹大笑到蹲在原地，久久站不起來。

很巧地，我們倆經常在同一段時間返鄉，碰面的機會也不少。她每次來我家，還會跟我爸媽撒嬌，在我們家開心聊天炒熱氣氛之後，就帥氣回家。突然覺得，有個這麼可愛又瀟灑的好朋友真棒。

在我成長的故鄉有一片海岸。怎麼樣?很棒吧。平常我對自己感到自豪的地方並不多，但這一點我可是能抬頭挺胸、扯開嗓門炫耀一番。

暌違許久重遊舊地，滿腔的感動不斷湧現。其實我在這一區只住到五歲，時間算起來並不長，但身體還清楚記得這裡的空氣。

小時候經常在海邊撿貝殼，尋寶的目標是櫻貝。這種外表呈現漂亮淡淡櫻粉色的貝殼非常薄，稍微用力就會破掉，所以一旦找到就得小心翼翼帶回家收在藏寶箱裡。童心未泯的我今天也試著尋找，可惜沒有發現。話說回來，小時候玩的遊戲似乎已經在體內生了根，在地上蹲了好久尋找貝殼的專注和興奮，我猜跟五歲當時並無兩樣。

這條街上有著我與兒時玩伴的滿滿回憶。到現在還有持續深交的兒時夥伴，這是我另一件少數能引以為傲的事情。這群朋友包含我在內，共有三女一男。大家都已經搬離這一區，但光是回來看看就覺得會遇見他們。對了，記得赴東京發展之前，大夥兒還以送別會的名義到這片海岸來玩呢。當時收到的卡片上寫了這段話。

「持續不斷往前邁進，但偶爾也要回頭看看唷～」

從小玩在一起的男生，個性像個大嬸。一句話就蘊含了他體貼的祝福。

離題一下，據說當我專心在海灘上撿貝殼的同時，經紀人剛好在沙灘另一頭，伴著海浪聲中接到敲定我演出晨間劇的通知來電。啊，該怎麼說呢，真是奇妙的緣分。想必這裡對我來說，是個充滿能

量的地方吧。

這裡是「老鼠公園」。其實我不知道它真正的名字，但家人和朋友所有人都叫這裡「老鼠公園」。好久沒來了。忍不住開心地跑來跑去，盡情玩耍，直到整個人累趴。

我很愛爬樹，喜歡的程度就跟撿貝殼差不多。一時興起嘗試爬爬看，但這可不像撿貝殼，找不回小時候的感覺了。身體變得好重，畢竟我長大了嘛。

我繞去問候住在附近的英文老師，還有兒時玩伴的父母。即使過了那麼久，中間也發生過很多事，不變的是他們仍熱情迎接，「妳回來啦！」而且把我當成自己的孩子一樣疼愛。我打從心裡深深感動，真慶幸從小在這裡生長。

兒時玩伴的母親送我她自己親手做的家鄉甜點「鬆糕」。剛出爐的溫度搭上淡淡

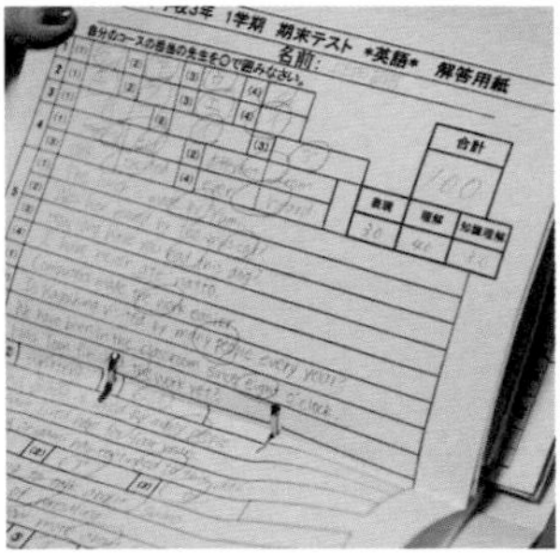

的黑糖香甜，沒想到讓淚腺大受刺激。很快地，我會再回來！

嘿，歡迎來到我在老家的房間。我和妹妹共用的房間，現在仍保持原狀，書桌上還有一排中學三年級時的參考書。

每次回家進到這個房間，我會有個自己固定的「儀式」。拿出唸中學時每天要提交的「生活紀錄簿」，用剩下的頁數來寫日記。在大概四行的小小空間裡記下當天發生的事。要將返鄉時行程滿滿的一天，用短短四行的篇幅來記錄，就是一件艱鉅的任務，我得在書桌前認真謹慎用字遣詞，而這段時光也成了每次回家的小小樂趣。

照片上一起入鏡的狗狗玩偶，是爺爺奶奶在我大概三歲時送給我的。狗狗是有名字的，而且我曾在音樂劇的才藝表演中演出同一個名字的角色，當時開心得不得了。這隻狗狗

玩偶是我心愛的寶貝，我想帶著它進棺材。

我們一家人呢，簡單說就是很愛講話，而且無論大家是聚在一起還是分散各地，毫不影響。LINE上的家庭群組每天都有頻繁更新的內容，大家各自傳送照片，或是報告工作近況，常搞不清楚彼此間的對話是不是有脈絡，總之都能聊個不停。

話說回來，實際上像這樣一家四口圍坐在老家餐桌上閒聊卻不知道是多久前的事了。我們倆姊妹始終沒什麼機會能排定時間一起返鄉，所以這次能全家人團聚，實屬難得。

一家四口加上責編S小姐，我們從小時候的回憶聊到人生方向，話題完全不設限。話匣子一開，大夥兒比平常更健談，而且笑聲不斷。

聊到有什麼是希望珍惜的精神，爸爸說了「慎終追遠，終生學習」。這些事情我從小聽到大，但這次再聽到更有感觸了。

其實我們一家人真的每天不斷學習。擔任教職的爸爸，他的書櫃裡全都是各類學術專業書籍，過去曾是音樂老師的媽媽，至今仍經常參加課程講習，妹妹也長期鑽研藝術方面的知識。對於我這個不擅於「持之以恆」的人來說，這些家人都是我的典範，真的很崇拜他們。正因為有豐富求知欲，不斷學習、思考，才會有這麼多內容可說吧，每次聊天都讓我樂在其中。

此外，雖然沒說出口，但我知道父母永遠惦念著我們，讓我感念在心。也進一步體會到，一個人的幸福不光是屬於自己。為了家人，為了祖先，我們都要過得幸福。

我心想，等到將來有機會，自己也要打造一個像上白石家這麼棒的家庭。

足跡點滴

A.進入幼稚園。B.在幼稚園裡準備放學回家。D.討厭上學經常大哭。E.想哭的時候就盡情哭吧，沒關係的。F.入園一段時間後，慢慢喜歡上學了。

3歲

1歲

A.開始會走路。1歲2個月時會追著4月出生的兒時玩伴跑。B.從1歲半到現在始終熱愛唱歌和跳舞。D.搬家前到新家看屋時，從一樓的窗戶跌落。還好沒事……。E.妳找到的興趣會愛上一輩子唷。F.開心唱歌。也喜歡盪鞦韆。

2001

1999

年

2000

Turning point!

1998

2歲

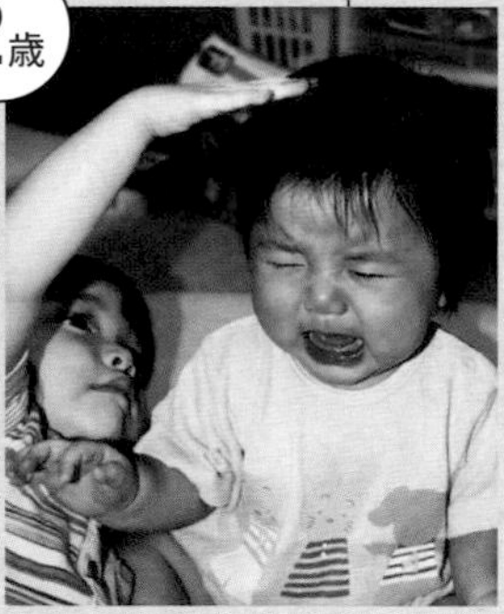

A.妹妹出生。自己也突然變得像小寶寶。B.到附近英語教室玩。E.妳長得真可愛。F.感覺好像很疼愛妹妹。

A.出生。因體質虛弱還得待在保溫箱一段時間。幸好順利長大。E.妳會好好活下去的，別擔心。 F.體重2598公克。得父母疼愛於一身。

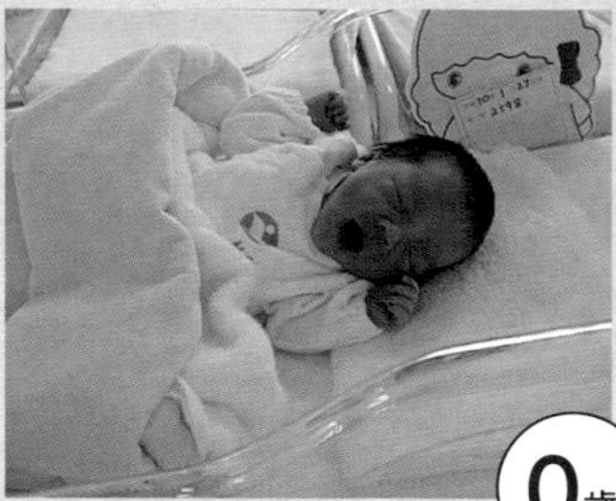

0歲

A.印象深刻的事情 B.喜歡的事物 C.熱衷的事物 D.不擅長的事、苦澀的回憶 E.想要對當時的自己說的話 F.對照片說的一句話

5歲

A.舉家搬到鹿兒島市。開始學芭蕾舞。而且戴起眼鏡。C.「電子雞」比什麼都重要。D.一到學校幾乎都待在保健室。E.因為這段時期的艱苦，之後才會變得堅強又體貼。F.在新家和媽媽對戰黑白棋，臉頰就像紅蘋果。

7歲

A.我和萌歌在曾祖母住的安養中心第一次踏上舞臺。我們表演的曲子是〈葫蘆島漂流記〉，我還負責編舞。B.側身翻。在超市裡不斷側身翻還挨罵。C.「哈姆太郎」。D.之前跟媽媽學的鋼琴無疾而終。E.當時該繼續練鋼琴才對呀!! F.第一次到東京迪士尼樂園拍的，超懷念。

2005

2003

2004

Turning point !

2002

4歲

A.開始學音樂劇，這一年算是我的原點。B.跳繩、跳箱。C.卡牌遊戲「時尚魔女LOVE AND BERRY」。E.為最棒的際遇乾杯。F.書包竟然選了酒紅色。好成熟。

6歲

A.開始學體操。在動物園裡突然認出「羊駝」二字，讓爸媽嚇一大跳。C.「小魔女DoReMi」。E.片假名應該是跟爺爺學的吧。F.好像喜歡比較低調的顏色，衣服也是。這一點到現在也沒變。

11歲

A.返國。回到同一所小學，變得開朗大家都嚇一跳。B.買了人生第一張CD，絢香的精選輯。C.成天都在打躲避球。D.因為支氣管炎這輩子首次住院。E.妳會遇到絢香唷！她真的超棒！F.音樂劇教室公演。我演愛跳繩的兔子。

2009

A.在就讀的日僑學校歌唱大賽獲得優勝。B.開始學爵士舞、踢踏舞。C.愛上美劇《歡樂滿屋（Full House）》。D.出現「奧斯戈德氏病」＊症狀，好痛……E.在短暫回國的班機上，降落時會體會到前所未有的耳鳴，要小心！F.寶貴的泳裝照!!!

＊譯註：Osgood-Schlatter disease，正式名稱為脛骨粗隆骨突炎，是青少年常見的膝蓋疾病。

9歲

2007

2008

10歲

A.在墨西哥的最後一年，學了好多東西盡量把時間塞滿。B.最後三個月學的墨西哥舞實在太棒了。E.到現在還記得墨西哥舞的舞步唷。F.騎著這匹馬到森林散步，太舒服了。

2006

Turning point!

A.前往墨西哥。第一眼就愛上了這個國家。B.在墨西哥學芭蕾舞，愛上ABBA。C.從早到晚玩從日本帶去的Wii「太鼓達人」。E.能搬到墨西哥真好，人生大改變了～F.在墨西哥，玩得累到狂睡。

8歲

15歲

A.搬到東京。其實太愛家鄉本來百般不願，後來還是下定決心。拍攝電影《窈窕舞妓》。B.聽了好多GReeeN的歌。C.拍片時因為富司純子給我的冰糖，讓我從此愛上。E.東京也有很多優點啦。F. photo by竹中直人先生。

A.剛過完年就意外收到甄選獲獎通知，而且姊妹一起。家人朋友一陣譁然。C.短暫愛上編織。E.這一年接觸的作品會讓自己從此愛上演戲。歡迎進入無底深坑。F.YA比得很可愛。

13歲

2013

2011

2012

2010

Turning point!

14歲

A.拍攝電影《沒問題3班》。第一次經歷在滋賀縣長期拍攝。B.「生物股長」的音樂成了心靈支柱。C.讀了媽媽推薦的《安妮日記》大受震撼。E.妳會遇到「生物股長」唷，請期待～ F.攝於芭蕾舞教室。堂吉訶德裡的Kitri變奏。

A.在音樂劇教室恩師建議下，參加「東寶灰姑娘」甄選。B.醋昆布。D.從這段時期就沒再長高，被妹妹追過了。E.這是在妳人生大轉變前的最後一年，盡情享受吧。F.當時報名用的照片，好青澀。

12歲

A這一年在電影《羊與鋼之森》首次實現姊妹同臺的心願！真的超開心。B.聽了好多鋼琴曲。C.迷上電視劇《四重奏》。很少有讓我入迷的電視劇。E.邁入二十歲的最後一年，是不是該談場小戀愛呢？F.準備為成人式拍照回到鹿兒島。攝於奶奶常去的美容院。

19歲

2017

17歲

A.同時準備考試、拍片和舞臺劇公演，好忙。C.百忙之中有短暫時期愛上十字繡。D.沒考上第一志願。哭了一場。E.後來唸了一所好大學，不會後悔的。F.有種年輕朝氣感，應該是跟家人旅行時拍的。

2015

2016

A.因為電影《你的名字》而打開知名度。同時多了歌手身分。有種事不關己的感覺part1。C.狂愛RADWIMPS。D.這一年充分體認對名聲大噪後的恐懼。E.雖然心情可能很複雜，這些仍舊都是善緣。好好擁抱機會！F.剛成為歌手的時期。攝於福島縣豬苗代湖。

18歲

2014

Turning point!

16歲

A.電影《窈窕舞妓》上映。接著投入舞臺劇《看不見的雲》。真是難忘的一年。C.讀了《活出意義來》之後有一陣子很認真研究納粹大屠殺的歷史。D.在「鬧鐘猜拳」節目中犯了嚴重錯誤，光是回想就讓我直冒冷汗。E.妳說想在24歲結婚吧？不可能啦。F.為了宣傳新片第一次到巴黎！簡直像作夢！

A.今年看來也很充實，但沒想到還會出書。人生真有意思。B.好愛紅豆泥。C.最近愛上電視劇《大豆田永久子與三個前夫》。看來無法抗拒松隆子×坂元裕二的魅力。D.散文集的截稿壓力比我想像得還大。真覺得自己好努力。E.加油!!! F.現在我滿腦子都是安子這個角色了！

2021

A.在舞臺劇《組曲虐殺》中度過一段很精實的時光，應該此生難忘。非常幸運。B.這一年接觸到GLIM SPANKY，成為舞臺劇排練時的心靈支柱。C.再次愛上編織。E.加油！F.飾演「阿露」。＊

譯註：NHK電視劇《怪談牡丹燈籠系列》中的角色造型。隱形眼鏡變色片和假牙都還收藏在家裡。

2019

未来へつづく！

2020

A.電視劇《戀愛可以持續到天長地久》播出後獲得廣大迴響，但我又覺得像事不關己part2。B.迷上泰式炒河粉，還和朋友組成泰式料理研究部。C.迎來空前所見的愛貓潮，另外還發現了香氛蠟燭這項迷人的樂趣。D.疫情期間減少出門。雖然號稱居家派，沒什麼不習慣，還是想念人群。E.加油啊!!! F.在情勢緊張的日子裡，和高中友人相約身心舒暢。

2018

A.成年啦！第一次喝的酒是爸爸買的年份紅酒。B.到各地參觀美術館。C.做餅乾上糖霜的影片。E.要進入漫長的成人階段了，打起精神啊。F.20歲第一部作品要把髮色染成粉紅色。照片是染色前。好狂野。

『本書如何誕生』

①在設計師充滿時尚感的工作室裡拿出好幾冊精美的書本，反覆開闔，定出大致的方向。看到工作室裡好多精心設計的書本好興奮。

②以前都不知道原來每一種紙都有名稱呢。從觸感、色澤、厚度到印刷效果，各種條件上都有特色，大不相同。紙廠的人可以光憑目測和觸摸就分辨出哪一種紙，太厲害了！

1 討論設計

撮影＝ NHK 編集部

2 挑選用紙

3 前往鹿兒島採訪

③本次採訪走隨興路線，而且都是熟悉的工作人員。兩天的行程令人難忘。

④這陣子別人問我休假的計畫，我都回答「寫稿」，我猜當下的表情應該很踐吧。這次充分體會到創作的苦樂。

4

寫稿

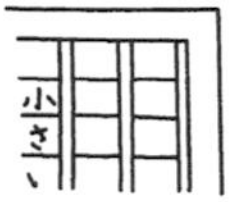

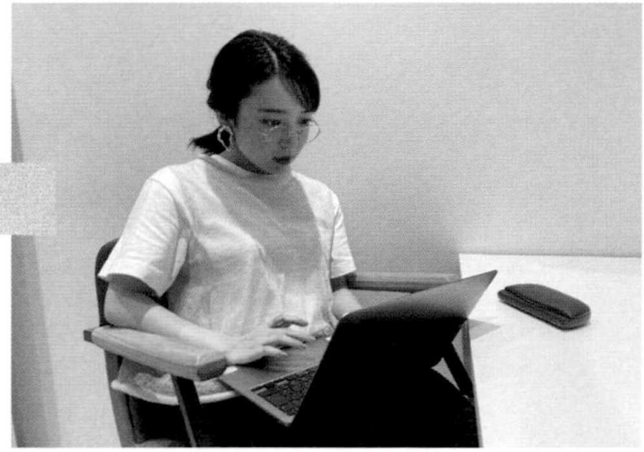

5

討論字體

⑤挑個看起來很溫暖的字體。或許有人覺得這些枝微末節讀者很難感受到，但我們仍講究每一個小細節。

⑥來到京都一間氣氛很棒的咖啡館。老闆夫婦都很親切。下次還想再去。

⑦一拿到時感動萬分。這個階段包括紙質、顏色、書籤絲帶都要定案。內文還是白紙。

6 拍攝封面用的照片

7 確認樣書

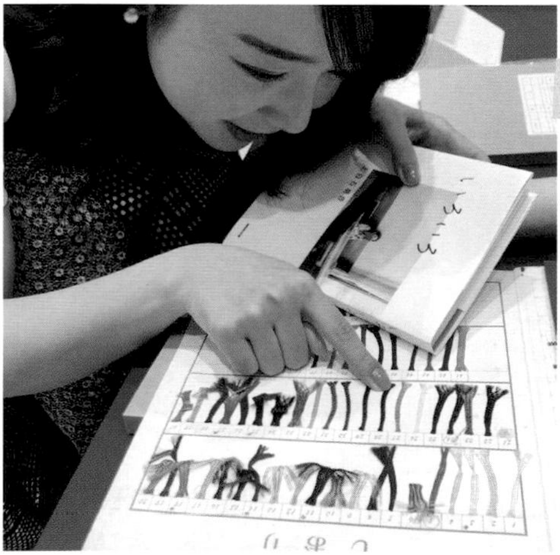

⑧ 校稿

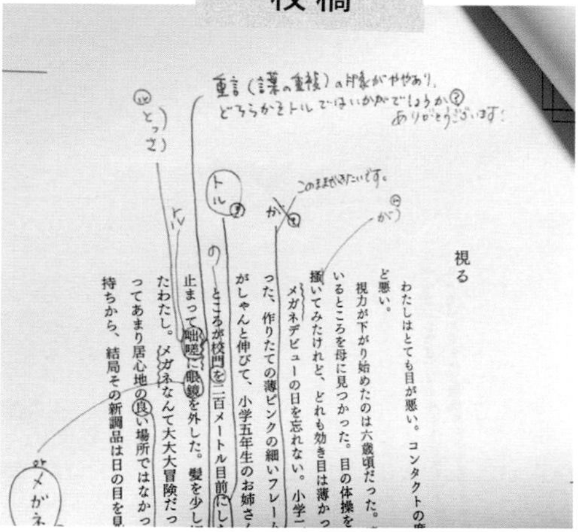

⑧仔細用手寫修改收到的樣張。在新幹線上進行這項作業時，連自己都覺得好帥氣。

⑨看到文字和照片真的印刷出來之後，逐漸有股踏實感。就快完成了。

⑨ 校色

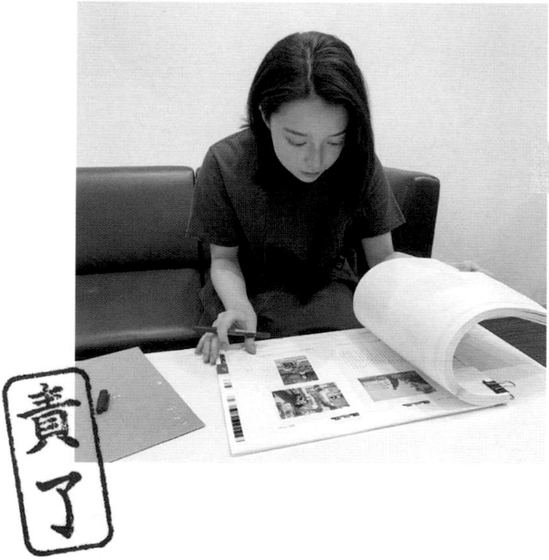

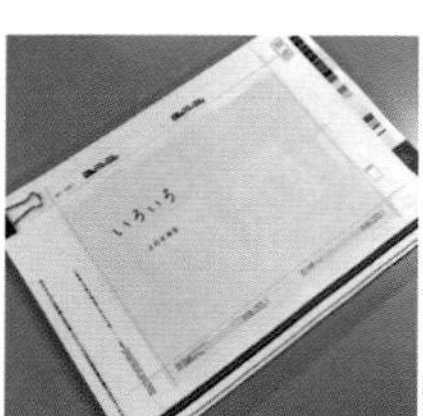

作為後記

在發車不久的新幹線座位上，我一個人撓著脖子，打開電腦。交出了五十篇散文之後，現在的心情有如羽毛般輕快，就連窗外的陰天看起來也燦爛耀眼。寫完了！我竟然寫完了！

第一次寫一本書，讓我理解到兩件事。

第一，我這個人真的好麻煩，而且應該比自己以為的還嚴重好幾倍。要是仔細觀察自己心境的細微變化，一定會感到很疲累。一個弄不好就把整本短篇集搞得陰沉又扭曲了。個性叛逆又愛鑽牛角尖的我，這些年來認識了很多人，獲得了很多需要的言語鼓勵，總算能一步步向前邁進。這份工作做了十年，更進一步算算出生以來的二十三年，對於周遭的一切，我只有珍惜與感謝。

另一件事就是了解到編一本書是多麼繁雜且辛苦的工作。從紙張、字體、排版、用字遣詞等等，要注意的細節真的沒完沒了。作者、編輯、設計師、校對、紙廠、製版、印刷、裝訂等等，還有其他許多專家，一本書融合了各種知識與技術，堪稱人力與時間的結晶。想到這裡，覺得現在包包裡那本隨身攜帶閱讀的文庫本，似乎突然變得更有分量，站在書店裡看到這麼大量的書籍震撼力之強。一旦了解書籍製作背後的辛酸，我再也回不去當一名普通讀者了。從此以後，讀書時我連看到書頁背後都會帶著敬意，用心體會。身為一名愛書人，這樣的角色轉換再幸福不過。

寫作、表達，我覺得這些都是從仔細觀察開始。此外，一個人什麼也做不成，但結合眾人之力就再也無難事。很慶幸我能察覺這一點。

好啦，最後就讓我以作者身分且帶有濃濃個人風格說一句。

給所有購買、閱讀這本書的讀者。真的很謝謝你們。

希望有一天可以在台灣與大家見面。

二〇二一年初夏　上白石萌音

撮影＝マネージャー

HAPPY 23RD
Birthday
魚釣り禁止

いろいろ

上白石萌音的心情點滴

上白石萌音／著　葉韋利／譯

書名手寫字　上白石萌音
美術設計　謝捲子@誠美作
校　　對　潘貞仁
叢書主編　黃榮慶
副總編輯　陳逸華
總 編 輯　涂豐恩
總 經 理　陳芝宇
社　　長　羅國俊
發 行 人　林載爵
聯經出版事業股份有限公司
新北市汐止區大同路一段369號1樓
(02)86925588轉5307
聯經網址　www.linkingbooks.com.tw
電子信箱　linking@udngroup.com
文聯彩色製版印刷公司印製　ISBN／978-957-08-6819-7
初　　版　2023年6月　定價／新台幣380元

行政院新聞局出版事業登記證局版臺業字第0130號
本書如有缺頁、破損、倒裝請寄回台北聯經書房更換。

國家圖書館出版品預行編目（CIP）資料

上白石萌音的心情點滴／上白石萌音著；葉韋利譯．
——初版．——新北市：聯經出版事業股份有限公司，
2023年6月．
232面；12.8X18.8公分．--（星叢）
ISBN 978-957-08-6819-7（平裝）
861.6　　112002060

ブックデザイン　小田切信二＋石山早穗（wip・er graphics）
撮影　山本あゆみ（カバー、p.2-5、p.176-177、p.184-213）
イラスト　小田切信二（p.178、p.220-225）
校正　円水社
撮影協力　進々堂京大北前
特別協力　家族／原田マハさま／色のページにご寄稿くださったみさま／応援してくださるみなさま

也許會有
好事發生